조지
Georg

1856년 7월 26일, 아일랜드의 수도 더블린에서 태어났다. 성악가였던 어머니의 영향으로 어릴 적부터 음악, 오페라, 미술 등 다양한 예술을 자연스레 익혔다. 1871년 학교를 떠나 독학으로 배움을 이어나갔다. 1876년에는 런던으로 이주해 영국박물관 독서실에서 주로 시간을 보내면서 읽고 쓰는 데 전념했다. 1880~1890년대에 음악, 미술, 연극 비평가로 활약했으며, 처음에 쓴 소설들이 환대받지 못하자 노선을 바꿔 극작가의 길로 들어섰다. 36세였던 1892년 첫 번째 작품 『홀아비의 집』을 런던에서 초연한 것을 필두로 60편이 넘는 희곡을 썼다. 대표작으로 『인간과 초인』 『피그말리온』 『성녀 잔 다르크』 『칸디다』 『카이사르와 클레오파트라』 등이 있다. 직접 쓴 긴 서문이 포함된 그의 작품은 종종 정치, 사회, 경제, 여성의 권리, 빈곤 등 당대의 사회문제를 부각하면서 토론과 논쟁을 불러일으켰다. 그는 점진적 사회주의를 표방하는 페이비언협회에 가입했고, 마르크스의 『자본론』에 심취했으며, 이후 사상가, 연설가, 논객, 사회 개혁가, 정치 활동가의 행보를 이어갔다.

1925년 노벨문학상을 수상했고, 1939년에는 영화 〈피그말리온〉으로 아카데미 각색상을 수상하며 노벨문학상과 아카데미상을 모두 수상한 최초의 작가가 되었다. 두 차례의 세계대전을 겪는 동안에도 작품 쓰기를 멈추지 않았고, 스물다섯 살 이후 죽을 때까지 채식주의를 고수했다. 1950년 11월 2일, 에이옷 세인트 로렌스의 자택에서 94세의 나이로 세상을 떠났다.

버나드 쇼의 문장들

버나드 쇼의 문장들

조지 버나드 쇼

박명숙
엮고 옮김

마음산책

엮고 옮긴이 | 박명숙

서울대학교 사범대학 불어교육과를 졸업하고 프랑스 보르도 제3대학에서 언어학 학사와 석사 학위를, 파리 소르본 대학에서 프랑스 고전주의 문학을 공부하고 '몰리에르' 연구로 불문학 박사 학위를 받았다. 서울대학교와 배재대학교에서 강의했으며, 현재 출판기획자와 불어와 영어 전문번역가로 활동 중이다. 버지니아 울프의 『여성과 글쓰기』, 헨리 데이비드 소로의 『소로의 문장들』, 제인 오스틴의 『제인 오스틴의 문장들』, 에밀 졸라의 『목로주점』 『제르미날』 『여인들의 행복 백화점』 『전진하는 진실』, 오스카 와일드의 『심연으로부터』 『오스카리아나』 『와일드가 말하는 오스카』 『거짓의 쇠락』, 파울로 코엘료의 『순례자』, 알베르 티보데의 『귀스타브 플로베르』, 조지 기싱의 『헨리 라이크로프트 수상록』, 도미니크 보나의 『위대한 열정』, 플로리앙 젤러의 『누구나의 연인』, 프랑크 틸리에의 『뫼비우스의 띠』 등 다수의 책을 우리말로 옮겼다.

버나드 쇼의 문장들

1판 1쇄 인쇄 2024년 2월 20일
1판 1쇄 발행 2024년 2월 25일

지은이 | 조지 버나드 쇼
엮고 옮긴이 | 박명숙
펴낸이 | 정은숙
펴낸곳 | 마음산책

편집 | 성혜현 · 박선우 · 김수경 · 나한비 · 이동근
디자인 | 최정윤 · 오세라 · 한우리
마케팅 | 권혁준 · 김은비
경영지원 | 박지혜

등록 | 2000년 7월 28일(제2000-000237호)
주소 | (우 04043) 서울시 마포구 잔다리로3안길 20
전화 | 대표 362-1452 편집 362-1451 팩스 | 362-1455
홈페이지 | www.maumsan.com
블로그 | blog.naver.com/maumsanchaek
트위터 | twitter.com/maumsanchaek
페이스북 | facebook.com/maumsan
인스타그램 | instagram.com/maumsanchaek
전자우편 | maum@maumsan.com

ISBN 978-89-6090-866-6 03840

* 책값은 뒤표지에 있습니다.

삶은 자신을 발견하는 게 아니라

자신을 창조하는 것이다.

조지 버나드 쇼(1856~1950)

차례

들어가며 9
버나드 쇼는 우물쭈물 살지 않았다

이 책에 인용된 저작물들 21

I
버나드 쇼, 나를 말하다 23

II
버나드 쇼의 아포리즘 93

III
버나드 쇼의 작품 속 문장들 183

조지 버나드 쇼 연보 338

참고문헌 348

■ 일러두기

1. 이 책은 조지 버나드 쇼의 저작물 가운데서 엄선한 문장을 엮은 것이다. 저작물의 목록은 21, 22쪽에서 확인할 수 있다.
2. 외국 인명, 지명, 독음 등은 외래어표기법을 따르되 관용적인 표기와 동떨어진 경우 절충하여 실용적 표기를 따랐다.
3. 발췌문의 출전은 문장 말미의 겹낫표 안에 표기해두었다.
4. 본문 중 고딕체는 원문에서 이탤릭체나 대문자로 강조된 부분이다.
5. 각주는 모두 옮긴이주이다.
6. 책 제목은『 』로, 영화, 잡지 등은〈 〉로 표기했다.

버나드 쇼는 우물쭈물 살지 않았다

"나는 도덕성 같은 것을 믿지 않습니다.
나는 버나드 쇼의 제자입니다."

『의사의 딜레마』

버나드 쇼, 세상에서 가장 유명한 묘비명의 주인공이 되다

"우물쭈물하다가 내 이럴 줄 알았지I knew if I stayed around long enough, something like this would happen"라는 묘비명은 버나드 쇼가 누군지, 어떤 일을 한 사람인지 모르더라도 어디선가 한 번쯤 들어보았을 것이다. 영어 원문 자체로도 세상에서 가장 유명한 묘비명으로 알려져 있지만, '우물쭈물하다가'라는 말이 들어가는 우리말 번역으로 국내에서 더욱 유명해진 묘비명이다. 그리고 바로 이 말 '우물쭈물하다가'에 관한 오역 논란 또한 끊이지 않는다. 이러한 번역은 오래전 모 이동통신사의 광고에서 비롯된 것으로 전해지는데, 문제의 문장을 어떻게 번역하든 결국 "이만큼 오래 살다 보면 이런 일(죽음)이 일어날 줄 알았지"라는 의미로 이해할 수 있을 것이다. 하지만 버나드 쇼라는 작가를 좀 더 잘 알게 되면 '우물쭈물'만큼 그와 어울리지 않는 말은 없을 거라는 생각에 동의하게 되지 않을까.

문제의 묘비명(쇼가 죽기 전에 남긴 것으로 전해짐)과 관련된 일종의 반전은, 버나드 쇼는 사후에 화장되어 그가 오랫동안 살던 집Shaw's Corner의 정원 주위에 유해가 뿌려졌다는 것이다. 그의 정원에는 대표작인 『성녀 잔 다르크』를 기념하는 잔 다르크 동상 말고는 달리 묘비라고 할 만한 게 없다. 어쨌거나 버나드 쇼의 묘비명이 그와 관련해서 가장 먼저 대중의 머릿속에 떠오르는 것은 부인할 수 없다. 이제 더 이상 재미있는 묘비명으로 유명한 버나드 쇼가 아니라, 허를 찌르는 신랄하고 예리한 풍자와 다크초콜릿처럼 쌉싸름한 유머가 담긴 촌철살인의 명언들로 쓴웃음과 감탄을 동시에 자아내는 작가 버나드 쇼를 만나볼 때가 되었다. 자신은 냉소주의자도 비관론자도 아니라고 단언한 그의 말처럼, 냉소란 인간 본성에 대한 깊은 이해와 통찰에서 비롯되는 것임을 되새기면서.

일찍이 학교를 떠나 독학으로 세계적인 극작가의 반열에 오르다

'셰익스피어 이후 최고의 극작가'라고 평가받는 문학의 거인, 버나드 쇼. 그는 100세 시대인 지금도 결코 적지 않은 94세의 나이로 세상을 떠날 때까지 70년이 넘는 기간 동안 극작가, 소설가, 음악과 미술 및 연극 비평가, 사상가, 연설가, 논객, 사회 개혁가, 정치 활동가의 삶을 살면서 60편이 넘는 다양한 희곡과 소설, 수많은 평론과 에세이, 논문, 팸플릿 등을 남겼다. 또한 25세였던 1881년부터 죽을 때까지 확고한 채식주의를 고수했고, 58세와 83세에 발발한 두 차례의 세계대전을 겪었다.

버나드 쇼는 성악가이면서 다양한 예술에 관심이 많았던 어머니의 영향으로 어린 시절부터 자연스레 음악과 오페라, 미술 등을 접하고 익혔다. 학교에 들어가기 전에는 사제였던 친척과 가정교사에게 라틴어 등을 배웠으며, 아홉 살부터 열다섯 살까지 학교를 네 군데나 옮겨 다녔다. 당시의 학교와 교사의 강압적이고 획일적인 교육 방식에 적응하지 못했던 버나드 쇼는 학교를 감옥이라고 표현했고, 학생으로서의 쓰라린 경험은 정규교육에 대한 환상을 깨뜨렸다. 그가 교육 자체의 효능을 믿으면서도 정규교육에 부정적으로 반응한 것은 이런 이유 때문이었다. 학교를 떠난 이후에는 부동산 중개사무소와 전화 회사 등에서 잠시 사무직으로 일했는데, 훗날 그 경험에 대해 '정직하게 먹고살겠다고 본성에 반하는 죄를 지은 것'이라고 이야기했다. 스무 살에 어머니가 있는 런던으로 떠난 그는 영국박물관의 독서실에서 대부분의 시간을 보내면서 수많은 책들을 읽고 글을 쓰는 작가로서의 삶을 시작했다.
그가 1879~1883년에 쓴 다섯 편의 소설은 처음에는 모두 출판을 거절당했다가 오랜 시간이 지나서야 출간될 수 있었다. 소설에서 쓰라림을 맛본 그는 포기하지 않고 희곡으로 방향을 전환해 첫 번째 희곡 『홀아비의 집』을 필두로 죽기 직전까지 수많은 작품을 남겼다. 그의 극작품은 현대적 풍자극부터 역사적 우화, 화려한 정치적 오락물에 이르기까지 실로 그 종류가 다양하다. 영국의 사실주의 현대극을 확립하고 부흥시켰다는 찬사를 받는 버나드 쇼는 노르웨이의 극작가 헨리크 입센에게서 커다란 영향을 받아 그의 극을 분석한 책 『입센주의의 정수』를 펴내기도 했다.

낭만주의 시기에는 감상적인 멜로드라마가 주를 이루었기에 작품 속에서 사회문제가 다루어지는 경우가 극히 드물었지만, 버나드 쇼가 활약했던 빅토리아시대의 문학에서는 다양한 사회문제가 예리하게 제시되곤 했다. 버나드 쇼 역시 당대의 경제, 정치, 사회, 종교적 문제들을 극 속에 포함시켜 그로부터 풍부한 극적 상황과 인물들 간의 갈등을 이끌어냈다. 특히 그는 작품마다 긴 서문을 곁들여 자신의 견해를 표출한 것으로 유명한데, 때로는 희곡만큼 서문에 많은 공과 시간을 들였다. 버나드 쇼의 전기작가인 헤스케드 피어슨은 "서문이 없었다면 그의 작품이 절대 그렇게 폭넓은 독자층을 확보하지 못했을 것이다"라고 단언했고, 또 다른 전기작가 마이클 홀로이드는 "버나드 쇼의 서문은 연극과 관련된 사회문제들을 다루는 한 편의 논문이다"라고 평했다.

무엇보다 버나드 쇼는 『피그말리온』과 『참령 바바라』 등에서 보듯 빈곤의 문제 및 여성의 권리와 독립에 깊은 관심을 보였다. 그는 사회 계층구조의 부당함을 부르짖으며, 변함없는 의지와 열정으로 모두에게 더 나은 노동 조건과 삶의 여건을 확보하게 하는 일에 많은 시간과 노력을 쏟아부었다. 당시에는 "가능한 한 빨리 결혼하는 게 여자의 일이고, 되도록 오래 미혼 상태로 있는 게 남자의 일"이라는 생각이 당연시되었는데, 버나드 쇼는 『피그말리온』의 일라이자를 자신을 만들어준 주인과 사랑에 빠지는 신화 속 갈라테이아가 아니라 보다 주체적으로 자신의 삶을 결정하는 완벽하고 독립적인 여성New Woman으로 그려냈다. 『피그말리온』이 훗날 영화와 뮤지컬로 제작돼 해피 엔딩을 보여준 것과는 달리 원작에서는 히긴스와 일라이자의 로맨스를 부각시키지 않기 위해 두 사람이 결혼하지 않는 것으로 끝을 맺었다. 니체의 '초인 사상' 및 스페인의 전설적 인물 돈 후안을 등장시킨 대작 『인간과 초인』에서는 초인을 낳기 위해 타고난 '생명력Life Force'으로 자신이 원하는 남성과의 결혼을 성사시키는 자기 주도적인 여성의 모습을 묘사하고 있다.

버나드 쇼는 1880~1890년대에 다양한 매체에서 음악, 미술, 연극 분야의 평론가로 맹활약했으며, 50편이 넘는 글과 연설, 언론에 보내는 편지 등을 통해 검열에 맹렬히 반대했다(그 역시 숱한 검열의 피해자였다). 1882년에는 미국의 정치경제학자 헨리 조지의 강연을 듣고 그의 저서 『진보와 빈곤』을 읽은 뒤 경제와 사회문제에 관심을 가지기 시작했다. 1883년에는 마르크스의 『자본론』에 심취했고, 1884년에는 점진적 사회주의를 표방하는 페이비언협회에 가입했다.

나를 조지라고 부르지 마시오

버나드 쇼는 '조지'라는 이름으로 불리는 것을 극도로 싫어했다. 그는 어릴 적에 어머니의 음악 가정교사인 조지 존 리와 함께 살았는데, '조지'라는 이름 때문에 리와 부자지간으로 오해받는 게 싫어서 자신을 'G. 버나드 쇼' 혹은 '버나드 쇼'라고 소개하곤 했다. 특히 조지라는 이름이 인쇄되는 것에 격한 반응을 보이곤 했다. 그는 편집자에게 "직업적으로 나는 조지를 쓰지 않습니다. 개인적으로 난 그 이름을 싫어합니다"라고 말했다. 자신을 조지라고 부르는 사람들에게는 "나를 조지라고 부르지 마시오Don't George me"라며 싫은 기색을 비쳤고, 자신의 가족에게만 조지라고 부르는 것을 허용했다.

노벨문학상은 수락하면서 상금은 거부한 이유

1920년 교황 베네딕투스 15세는 잔 다르크를 성인으로 공표했다. 1913년 무렵부터 그녀에 관한 희곡을 쓰고자 했던 버나드 쇼는 잔 다르크의 시성식을 계기로 집필에 착수했고, 1923년 12월 뉴욕 브로드웨이 극장에서 『성녀 잔 다르크』를 초연해 열렬히 환영받았다. 버나드 쇼는 여러 차례 노벨상 후보에 오른 끝에 1925년, 69세의 나이에 노벨문학상을 받았다. 스웨덴 아카데미는 그에게 노벨문학상을 수여하면서 그 사유를 이렇게 설명했다. "뛰어난 시적 아름다움이 스민 날카로운 풍자로 이상주의와 인도주의를 오가는 그의 작품을 기리며."
그런데 버나드 쇼는 노벨상은 수락하면서 그에 따른 상금 수령은 거부한 것으로 유명하다. "나의 독자와 관객이 내가 필요한 돈보다 더 많은 것을 내게 준다"라는 것과 "그 상금은 해안가에 이미 안전하게 당도한 사람한테 던져진 구명 튜브나 다름없다"라는 게 그 이유였다. 하지만 그가 노벨상을 수상하자 사방에서 도움을 청하는 수천 통의 편지가 쇄도했다. 상금을 거부할 정도로 부자라면 자신에게 도움을 달라는 식의 내용들이었다. 상금 수령 거부로 7천 파운드의 돈이 갈 곳을 잃으면서 많은 문제가 발생하자 버나드 쇼는 상금을 수령하면서 한 가지 조건을 내걸었다. 그는 '영국-스웨덴 문학 재단'을 위한 기금에 모든 돈을 기부하면서 아우구스트 스트린드베리를 위시한 스웨덴 작가들의 작품을 영어로 번역하는 데 써줄 것을 강조했다.

버나드 쇼는 83세였던 1939년에 영화 〈피그말리온〉(1938)으로 아카데미 각색상을 수상하면서 노벨상과 아카데미상을 모두 수상한 최초의 작가가 되었다. 그 이후에는 아카데미 주제가상과 노벨문학상을 수상한 가수 밥 딜런이 있을 뿐이다. 그에게 대중적 명성을 안겨준 『피그말리온』은 그리스신화 속 피그말리온 이야기를 바탕으로 런던의 상류층 음성학자 히긴스가 꽃 파는 거리의 소녀 일라이자의 거친 말투를 교정해 상류사회에 소개하는 내용이다. 이 작품은 1956년 뮤지컬 〈마이 페어 레이디〉로 만들어졌고, 1964년에는 오드리 헵번 주연의 동명의 영화로도 리메이크되었으며, 훗날 영화 〈귀여운 여인〉의 모티브가 되었다.

또 다른 명언 제조기 오스카 와일드와의 인연

버나드 쇼와의 우정으로 유명한 전기작가 아치볼드 헨더슨의 표현에 따르면, 오스카 와일드는 '대화의 희극The comedy of conversation'을 발명한 반면 버나드 쇼는 '토론극The drama of discussion'을 발명했다. 두 사람의 이름이 나란히 놓인 것은 결코 우연이 아니다. 19세기의 영어 희곡 중에서 지금도 여전히 읽히고 무대에 올려지는 작품은 버나드 쇼의 것을 제외하고는 오스카 와일드의 작품이 유일하다. 두 사람 모두 아일랜드 출신으로 극작가로서뿐 아니라 촌철살인의 신랄한 풍자와 위트 섞인 유머로 유명한 명언(아포리즘) 제조기로 알려져 있다. 게다가 둘은 같은 시기인 영국의 빅토리아시대 후반부를 살면서(오스카 와일드는 1854년생으로 버나드 쇼보다 두 살 많다) 여러 번 마주치기도 했다. 평소 지나치게 왕성한 지적 호기심으로 상대를 피곤하게 하는 것으로 이름난 버나드 쇼는 오스카 와일드를 '자신의 감각을 망각에 빠뜨린 유일한 사람', '자기보다 입담이 좋아 경청하게 만드는 사람'으로 기억했다. 그에게 오스카 와일드는 위트와 철학, 드라마, 배우, 관객과 극장 전체를 가지고 놀 줄 아는 철저한 극작가였다. 1886년 5월, 노동절의 유래가 된 시카고 헤이마켓사건이 일어나자 버나드 쇼는 무정부주의자들을 구명하기 위한 탄원서에 서명을 받고자 했다. 그 때문에 많은 작가들과 접촉했지만 이름난 작가 중에 서명에 응한 사람은 오스카 와일드가 유일했고, 이를 계기로 버나드 쇼는 그에게 깊은 호감을 느끼면서 그를 각별한 사람으로 기억했다. 그리고 그 보답으로 훗날 오스카 와일드가 퀸즈베리 후작과의 소송에서 징역형을 선고받았을 때 버나드 쇼는 그의 석방을 위해 발 벗고 나섰지만 단 한 사람을 제외하고는 누구의 서명도 받을 수 없었다. 그러자 버나드 쇼는 차선책으로 기회가 있을 때마다 자신의 평론에서 오스카 와일드의 작품을 언급했다. 1900년 오스카 와일드가 파리에서 사망한 뒤, 그는 1916년 오스카 와일드를 추모하는 글을 프랭크 해리스의 오스카 와일드 전기에 부록으로 실었다.

인생 책이 있다면 인생 문장도 있다: 셰이비언의 탄생

94세의 나이로 세상을 떠나기 직전까지 작품 쓰기를 멈추지 않았으며, 젊고 진취적인 기상과 타고난 활력으로 '원로 작가'라는 말보다 '원로 소년Grand Old Boy'이라는 호칭이 훨씬 잘 어울렸던 작가 버나드 쇼. 그는 죽기 얼마 전 자신을 방문한 한 유명 여배우를 배웅하면서 이렇게 말했다고 한다. "내 공연이 마음에 들었나요?Well, did I give a good performance?" 과연 너무나 버나드 쇼다운 인사가 아닌가!

버나드 쇼의 작품과 아이디어, 생활 방식 및 팬들을 지칭하는 '셰이비언Shavian'이라는 말이 그의 생전에 일찌감치 옥스퍼드 영어 사전에 등재되었는데, '셰이비언'은 쇼의 라틴어 표기법인 사비우스Shavius에서 온 말이다.
버나드 쇼의 전기작가 헤스케드 피어슨은 그의 방대한 전기에서 '버나드 쇼의 유머는 그의 캐릭터를 줄기 삼아 피어난 꽃'이라고 설명한 바 있다. 피어슨은 셰이비언의 탄생을 이렇게 이야기했다. "버나드 쇼는 자신의 본질적인 부분이 반영되지 않은 위대한 캐릭터를 창조한 적이 없으며, 그 자신이 희귀한 창조물이자 위대한 캐릭터였다. 그의 유머 넘치는 건강함은 한 시대를 환히 빛나게 했으며, 역사는 그 시기를 '셰이비언 시대the Shavian Age'로 기억할 것이다."

그동안 오스카 와일드, 제인 오스틴, 헨리 데이비드 소로, 버지니아 울프 등의 문장들을 엮고 옮기는 작업을 할 때마다 늘 스스로에게 같은 질문을 하곤 했다. '왜 문장들인가?' 한 작가의 문장들을 추려 한 권의 책으로 엮는 것은 보기보다 힘들고 시간과 공이 많이 드는 작업이다. 단순히 작품 속에서 마음에 드는 문장들을 쏙쏙 뽑아내는 게 아니라 그 작가의 작품관과 예술론, 인생관과 가치관 등이 투영된 문장들을 추리려고 노력하는 과정에서 종종 역자의 부족함에 좌절감을 느끼기도 한다. 작가의 텍스트 외에도 수많은 자료를 뒤져가며 골라낸 문장은 그 자체로 독립적인 의미를 지니면서 많은 이들에게 공감을 느끼게 하고 어떤 울림을 주어야 한다. 이는 문장들을 작업하면서 줄곧 지켜온 원칙 같은 것이다. 작가의 문장들을 엮어 한 권의 책으로 세상에 내놓는 일은 분명 가치 있고 매력적인 작업이다. 때로는 수많은 사람과의 만남보다 가볍게 집어 든 한 권의 책이 누군가의 인생을 바꿔주기도 하는바,

모든 책의 출발점은 하나의 문장임을 믿기 때문이다. 버나드 쇼는 영미 현대극은 물론 서구 사회에 지대한 영향을 끼친 작가이지만 국내에서는 아직 번역되지 않은 그의 많은 작품이 독자들을 만날 날을 기다리고 있다. 그런 가운데 그가 남긴 주옥같은 문장과 아포리즘을 선별해 엮은 이 책, 『버나드 쇼의 문장들』은 친근하면서도 낯선 버나드 쇼를 알아가는 데 좋은 길잡이가 되어주리라 믿는다.

또다시 따뜻한 봄을 기다리며

2024년 2월

박명숙

이 책에 인용된 저작물들

『안드로클레스와 사자Androcles and the Lion』

『비사회적인 사회주의자An Unsocial Socialist』

『무기와 인간Arms and the Man』

『부모와 자녀에 관한 논문A Treatise on Parents and Children』

『므두셀라로 돌아가라Back to Methuselah』

『카이사르와 클레오파트라Caesar and Cleopatra』

『칸디다Candida』

『브래스바운드 선장의 전향Captain Brassbound's Conversion』

『쇼에게 세상을 묻다Everybody's Political What's What』

『상심의 집Heartbreak House』

『존 불의 다른 섬John Bull's Other Island』

『예술가들의 사랑Love Among the Artists』

『참령 바버라Major Barbara』

『인간과 초인Man and Superman』

『혁명가들을 위한 격언Maxims for Revolutionists』

『부적절한 결혼Misalliance』

『오플레이허티O'Flaherty V.C.』

『피그말리온Pygmalion』

『사과 수레The Apple Cart』

『조지 버나드 쇼 전집The Collected Works of George Bernard Shaw: Plays, Novels, Articles, Letters and Essays』

『악마의 제자The Devil's Disciple』

『의사의 딜레마The Doctor's Dilemma』

『불합리한 결혼The Irrational Knot』

『운명의 남자The Man of Destiny』

『백만장자 여성The Millionairess』

『바람둥이The Philanderer』

『혁명가를 위한 안내서와 주머니 동반자The Revolutionist's Handbook And Pocket Companion』

『입센주의의 정수Quintessence of Ibsenism』

『성녀 잔 다르크Saint Joan』

『16편의 자화상Sixteen Self Sketches』

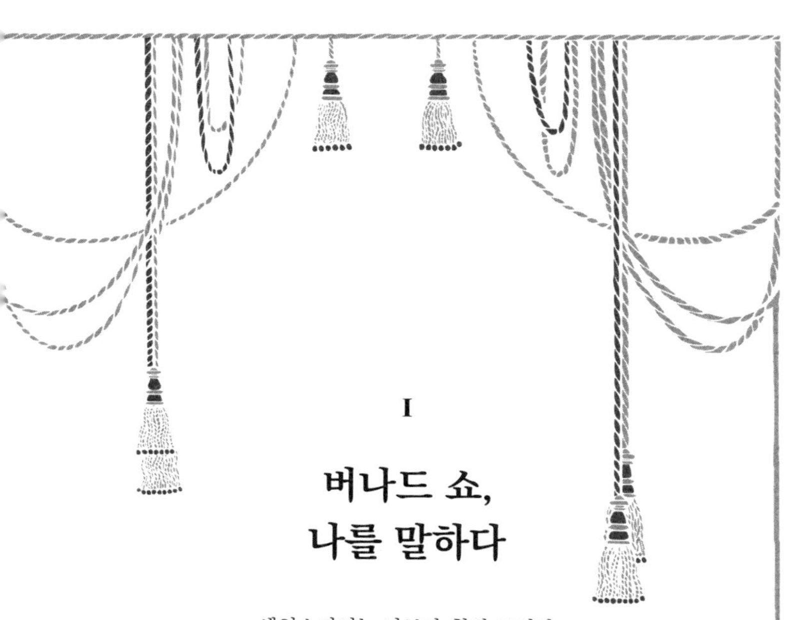

I

버나드 쇼,
나를 말하다

셰익스피어는 나보다 훨씬 크지만

나는 그의 어깨 위에 올라서 있다.

1 아흔두 해째를 사는 지금도 나는 여전히 배우고 있다.

I am still learning in my ninety second year.

2 내 삶은 공동체 전체에 속해 있으므로, 내가 사는 동안 공동체를 위해 무엇이든 내가 할 수 있는 걸 하는 것은 내게 주어진 특권이라고 생각한다. 나는 죽기 전까지 나의 모든 것을 남김없이 써버리고 싶다. 더 열심히 일할수록 더 충만하게 살 수 있기 때문이다. 나는 삶 자체를 즐긴다. 나에게 삶이란 '잠깐 타고 마는 촛불'이 아니다. 삶은 내가 지금 손에 쥐고 있는 빛나는 횃불과 같다. 나는 그것을 미래의 세대들에게 넘겨주기 전에 되도록 밝게 타오르게 하고 싶다.

I am of the opinion that my life belongs to the whole community, and as long as I live it is my privilege to do for it whatsoever I can. I want to be thoroughly used up when I die, for the harder I work, the more I live. I rejoice in life for its own sake. Life is no 'brief candle' for me. It is a sort of splendid torch, which I have got hold of for the moment; and I want to make it burn as brightly as possible before handing it on to future generations.

3 내가 소진되고 죽어서 마침내 폐기되어 나보다 낫고 더 영리하고 더 완벽한 누군가에게 자리를 내주게 되면 더없이 기쁠 것 같다.

I have a strong feeling that I shall be glad when I am dead and done for—scrapped at last to make room for somebody better, cleverer, more perfect than myself.

4 이만큼 오래 살다 보면 이런 일이 일어날 줄 알았지.

I knew if I stayed around long enough something like this would happen.

5 나는 별들이 굽어보는 적당히 마른 도랑에서 잠들고 싶다.

I prefer to die in a reasonably dry ditch under the stars.

6 지금으로서는 나의 종교적 신념과 과학적 관점은 창조적 진화를 믿는 사람의 그것들만큼 명확히 정의될 수 없다. 나는 나를 기념하는 어떤 공공 기념물이나 예술 작품, 비명碑銘이나 설교, 종교의식 등이 내가 영국 국교회나 어떤 종파 특유의 교의教義를 받아들였음을 암시하지 않으며, 십자가나 어떤 고문 도구의 형태를 띠지 않고, 피로 얼룩진 희생의 상징이 되지 않기를 바란다.

My religious convictions and scientific views cannot at present be more specifically defined than as those of a believer in creative evolution. I desire that no public monument or work of art or inscription or sermon or ritual service commemorating me shall suggest that I accepted the tenets peculiar to any established church or denomination nor take the form of a cross or any other instrument of torture or symbol of blood sacrifice.

7 나는 선생이 아니라 당신이 길을 물어본 동료 여행자일 뿐이다. 당신의 물음에 나는 손으로 당신 앞과 내 앞을 가리켰다.

I'm not a teacher: only a fellow traveler of whom you asked the way. I pointed ahead—ahead of myself as well as you.

8 나는 성공이 두렵습니다. 성공했다는 것은 지상에서 할 일을 모두 마쳤다는 것이니까요. 구애에 성공한 순간 암컷에게 죽임을 당하는 수컷 거미처럼 말이지요. 나는 부단히 무언가가 되어가는 상태를 사랑합니다. 내 뒤가 아닌 내 앞에 어떤 목표를 가지고 말이죠. 사실 나 자신으로 말하자면 굉장히 성공한 사람이고, 내 친구들 몇몇도 그렇습니다. 그러나 우리 자신 말고는 아무도 그 사실을 모르지요.

But I dread success. To have succeeded is to have finished one's business on earth, like the male spider, who is killed by the female the moment he has succeeded in his courtship. I like a state of continual becoming, with a goal in front and not behind. I am a magnificently successful man myself, and so are my knot of friends but nobody knows it except we ourselves.

9 행복은 절대 나의 목표가 아니다. 아인슈타인처럼, 나는 행복하지도 않고 행복하기를 바라지도 않는다. 나는 아편 한 대나 위스키 한 잔으로 도달할 수 있는 혼수상태를 허용할 시간도 없고, 그런 건 내 취향이 아니다. 꿈에서는 두세 차례 아주 강도 높은 혼수상태를 경험해본 적이 있긴 하지만.

Happiness is never my aim. Like Einstein I am not happy and do not want to be happy: I have neither time nor taste for such comas, attainable at the price of a pipeful of opium or a glass of whiskey, though I have experienced a very superior quality of it two or three times in dreams.

10 역사란 사건들을 극화한 것에 지나지 않는다. 내가 만약 카이사르에 관해 거짓말을 하기 시작한다면 그것은 십중팔구 다른 사람들이 그에 관해 이야기했던 것

과 똑같은 거짓말일 것이다. 카이사르라는 인물과 일련의 상황이 합쳐지면 어떤 일이 일어날지 나는 알고 있다. 그리고 내가 희곡을 다 썼을 때, 사람들은 내가 역사를 썼음을 알게 될 것이다.

History is only a dramatization of events. And if I start telling lies about Caesar, it's a hundred to one that they will be just the same lies that other people have told about him. Given Caesar and a certain set of circumstances, I know what would happen, and when I have finished the play you will find I have written history.

11 공연을 염두에 두지 않고 희곡을 쓰는 사람은 없다. 당신은 마음껏 연극의 한계를 비웃을 수 있다. 하지만 그 때문에 다리가 여섯 개 달린 배우나 머리가 두 개인 여주인공을 생각하며 희곡을 쓰는 사람은 없다. 물론 희곡에 그런 생각들을 위한 여지는 얼마든지 있지만 말이다.

No man writes a play without any reference to the possibility of a performance: you may scorn the limitations of the theatre as much as you please; but for all that you do not write parts for six–legged actors or two–headed heroines, though there is great scope for drama in such conceptions.

12 나는 다른 사람의 머릿속에서 내가 필요한 것을 수집하는 전문가다. 그런 면에서 나는 친구들 덕을 톡톡히 보았다.

I am an expert picker of other men's brains, and I have been exceptionally fortunate in my friends.

13 한 가지 분명한 사실은, 자기 직업에서 숙련공이 되고 싶으면 수년간 매일매일 쓰고, 쓰고, 또 써야 한다는 것입니다.

The one certain thing is that you must write, write, write every day for several years if you are to become a master workman in your profession.

14 글로 쓰기 전에는 내가 무슨 생각을 하는지 잘 모른다.

I do not know what I think until I write it.

15 나는 종종 나 자신을 인용한다. 대화에 묘미를 더해주기 때문이다.

I often quote myself. It adds spice to my conversation.

16 다른 사람들이 틀릴 때 옳은 것이 나의 특기다.

My specialty is being right when other people are wrong.

17 극작가로서의 나의 명성은 공연되지 않은 나의 모든 희곡과 함께 높아져간다.

My reputation as a dramatist grows with every play of mine that is *not* performed.

18 내가 쓰는 모든 희곡과 서문은 어떤 메시지를 전달한다. 나는 새로운 시대의 전령이다.

Every play, every preface I wrote conveys a message. I am the messenger boy of the new age.

19 나는 전혀 냉소적인 사람이 아니다. '냉소주의자'가 인간의 타고난 선함을 믿지 않는 사람을 뜻한다면 말이다. 나는 또한 비관론자도 아니다. '비관론자'가 인간의 덕성이나 삶의 가치에 대한 희망을 잃어버린 사람을 뜻한다면 말이다.

I am not a cynic at all, if by cynic is meant one who disbelieves in the inherent goodness of man. Nor am I a pessimist, if by pessimist is meant one who despairs of human virtue or the worth of living.

20 나에게 특별한 단 하나의 목표는 따뜻한 감정들을 등한시하는 것이다. 그것들은 스스로 알아서 잘해나가기 때문이다. 내가 관심 있는 것은 냉정한 가운데 다

정할 수 있는 부류의 사람이다. 감상적일 때는 누구나 다정할 수 있다.

The only aim that is at all peculiar to me is my disregard of warm feelings. They are quite well able to take care of themselves. What I want is a race of men who can be kind in cold blood. Anybody can be kind in emotional moments.

21 어느 날 중고 서점을 둘러보던 조지 버나드 쇼는 사인과 함께 친구에게 선물한 자신의 책 한 권을 발견하고는 재밌어했다. 그 속에는 이렇게 적혀 있었다.
'…에게, 존경을 담아, 조지 버나드 쇼.'
그는 즉시 그 책을 사서 다시 사인한 뒤 예의 그 친구에게 돌려주었다.
'갱신된 존경을 담아, 조지 버나드 쇼.'

While browsing in a second-hand bookshop one day, George Bernard Shaw was amused to find a copy of one of his own works which he himself had inscribed for a friend:
'To ___, with esteem, George Bernard Shaw.'

He immediately purchased the book and returned it to the friend with a second inscription: 'With renewed esteem, George Bernard Shaw.'

22 사람들은 맥베스 영화를 봅니다. 그리고 자신들이 맥베스를 보았다고 생각하고 다시는 그것을 보려 하지 않습니다. 그래서 당신이 말하는 해킷 씨나 다른 누군가가 연극을 하려고 할 때 그는 극장이 텅 빈 것을 보게 됩니다. 이것이 바로 극작가가 자기 작품을 영화화하도록 허락한 다수의 훌륭한 연극에 일어나는 일입니다. 내 작품에는 절대 이런 일이 일어나지 않게 할 것입니다.

People see a Macbeth film. They imagine they have seen Macbeth, and don't want to see it again; so when your Mr. Hackett or somebody comes round to act the play, he finds the house empty. That is what has happened to dozens of good plays whose authors have allowed them to be filmed. It shall not happen to mine if I can help it.

23 오래 살수록 나는 어떤 것에서도 아무 잘못을 하지 않았다는 걸 알았습니다. 그리고 겸허하게 내 생각들을 입증하고자 애쓰느라 소중한 시간만 허비했다는 것을 깨달았지요!

The longer I live, the more I realize that I am never wrong about anything, and that all the pains I have so humbly taken to verify my notions have only wasted my time!

24 젊었을 때 나는 내가 한 것 중 열의 아홉은 실패였음을 알게 됐습니다. 그래서 열 배 더 노력했지요.

When I was young, I observed that nine out of ten things I did were failures. So I did ten times more work.

25 내 교육이 유일하게 중단되었던 때는 내가 학교에 다녔을 때였다.

The only time my education was interrupted was

when I was in school.

26 학교 교육은 가르친다고 공언했던 것을 나에게 가르치는 데 실패했을 뿐만 아니라, 집에서 나 혼자 배울 수 있었을 것들을 생각할 때마다 화가 날 만큼 나의 배움을 방해했다.

My schooling not only failed to teach me what it professed to be teaching, but prevented me from being educated to an extent which infuriates me when I think of all I might have learned at home by myself.

27 나는 흥미를 느끼지 못하는 것은 아무것도 배우지 못한다. 나의 기억력은 무차별적이지 않아서, 버리기와 선택하기를 반복하며 그 선택은 학업과는 무관하다. 나는 승부욕이 없어서 상을 받거나 두각을 나타내는 일에는 관심이 없다. 따라서 경쟁적인 시험에는 흥미를 느끼지 못한다. 내가 이기면 기뻐하기보다는 경쟁자들이 실망하는 모습에 괴로울 것이고, 내가 지면 나의 자부심에 상처를 입을 것이다. 게다가 나는 자존감

이 매우 높아서 성적이나 금메달 따위에 어떤 영향을 받을 수 있을지 의문이다. 나를 학업적으로 성공하게 할 수 있었을 학교는 딱 한 종류뿐이다. 교사가 공포 분위기를 조성해 학생들이 절박한 심정으로 배운 것을 끊임없이 외우게 하거나 심각한 체벌로 울음을 터뜨리게 하는 학교다. 나는 교사들이 자신들의 그럴듯해 보이는 직업이나 나에게 충분한 관심을 가지거나, 충분한 시간을 들여 그런 수고를 하려는 학교에 다녀본 적이 없다. 그래서 나는 학교에서 아무것도 배우지 못했다. 심지어 내 흥미를 끄는 약간의 시도만 있었어도 내가 배울 수 있었고 기꺼이 배우려고 했을 것조차 배우지 못했다. 나는 이 점을 무척 다행이라고 생각한다. 두뇌의 부자연스러운 활동은 신체의 부자연스러운 활동만큼이나 건강에 해로우며, 사람들에게 알고 싶어 하지 않는 것을 배우도록 강요하는 것은 톱밥을 억지로 먹이는 것만큼이나 몸에 해롭고 끔찍한 일임을 확신하기 때문이다.

I can not learn anything that does not interest me. My memory is not indiscriminate: it rejects and selects; and its selections are not academic. I have no competitive instinct; nor do I crave for prizes and distinctions: consequently I have no interest in competitive examinations: if I won, the disappointment of my competitors would distress me instead of gratifying me: if I lost, my self-esteem would suffer. Besides, I have far too great a sense of my own importance to feel that it could be influenced by a degree or a gold medal or what not. There is only one sort of school that could have qualified me for academic success; and that is the sort in which the teachers take care that the pupils shall be either memorising their lessons continuously, with all the desperate strenuousness that terror can inspire, or else crying with severe physical pain. I was never in a school where the teachers cared enough about me, or about their ostensible profession, or had time enough to take any such trouble; so I learnt nothing at school, not even what I could and would have learned if any attempt had been made to interest me. I congratulate myself on this; for I am firmly persuaded that every unnatural activity of the brain is as mischievous as any unnatural activity of the body, and that pressing people to learn things they do not want to know is as unwholesome and disastrous as feeding them on sawdust.

28 아마도 여러분은 생각을 거의 하지 않을 겁니다. 1년에 두세 번 이상 생각하는 사람은 드물지 않을까요. 나는 일주일에 한두 번 생각함으로써 국제적 명성을 얻을 수 있었습니다.

I suppose that you seldom think. Few people think more than two or three times a year. I have made an international reputation for myself by thinking once or twice a week.

29 나는 근본주의자들의 말처럼 천지창조가 6천 년 전 일주일간 열심히 이뤄진 끝에 멈췄다는 것을 믿지 않는다. 천지창조는 언제나 현재진행형이다.

I do not, like the Fundamentalists, believe that creation stopped six thousand years ago after a week of hard work. Creation is going on all the time.

30 나는 무신론자이고 그 점에 대해 신에게 감사한다.

I'm an atheist and I thank God for it.

31 나는 아담을 항상 경멸했다. 이브가 뱀에게 유혹당했던 것처럼 이브에게 유혹당하고 나서야 선악과에서 사과를 따 먹었기 때문이다. 나 같으면 나무 주인이 뒤돌아서자마자 사과를 모두 따 먹었을 것이다.

I have always despised Adam because he had to be tempted by the woman, as she was by the serpent, before he could be induced to pluck the apple from the tree of knowledge. I should have swallowed every apple on the tree the moment the owner's back was turned.

32 어느 날 저녁, 땅거미가 질 무렵이었다. 토르카 언덕 위의 가시금작화 덤불 사이를 헤매고 다니다가 갑자기 이런 의문이 들었다. 나는 왜 매일 밤 믿지도 않는 기도를 반복하는가? 나의 지적 양심은 나를 책으로 이끌었고, 보통의 정직함은 나에게 미신적인 습관을 그

만들 것을 요구했다. 그리고 그날 밤 나는 말을 하기 시작한 이후 처음으로 기도를 하지 않았다. 나는 기도를 자주 거르면서 나 자신에게 또 다른 질문을 던졌다. 어째서 기도를 하지 않는 게 이토록 불편하게 느껴질까? 이런 게 양심인가? 그런데 다음 날 밤 내가 알아차리기도 전에 불편함은 온데간데없이 사라져버렸다. 그리고 그다음 날 밤 나는 원래부터 이교도였던 것처럼 기도에 대한 모든 것을 완벽하게 잊어버렸다.

> One evening, as I was wandering through the furze bushes on Torca Hill in the dusk, I suddenly asked myself why I went on repeating my prayer every night when, as I put it, I did not believe in it. Being thus brought to book by my intellectual conscience I felt obliged in common honesty to refrain from superstitious practices; and that night, for the first time since I could speak, I did not say my prayers. I missed them so much that I asked myself another question. Why am I so uncomfortable about it? Can this be conscience? But next night the discomfort wore off so much that I hardly noticed it; and the night after I had forgotten all about my prayers as completely as if

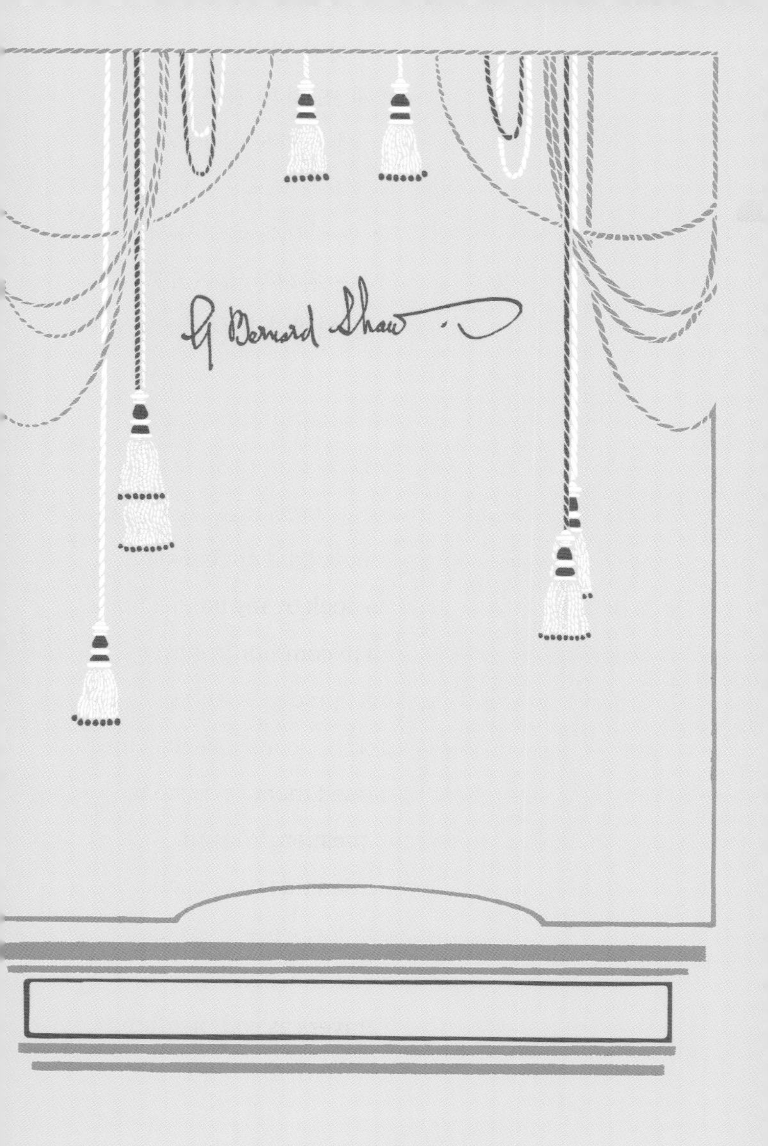
G Bernard Shaw

버나드 쇼의 문장들

박명숙
엮고 옮김

버나드 쇼는 영문학을 대표하는 극작가입니다. 『인간과 초인』 『피그말리온』 등을 포함해 60편이 넘는 희곡을 썼고 1925년에는 노벨문학상을 받았습니다. 날카로운 위트가 담긴 명언도 많이 남겼죠. 『버나드 쇼의 문장들』은 그의 수많은 명언들이 어떤 인간적 맥락에서 탄생했는지 이해할 수 있도록 역자가 공들여 엮고 옮긴 책입니다.

버나드 쇼는 자신을 한 명의 캐릭터로 여겼고, 삶을 한 편의 희곡 작품처럼 살아갔습니다. 그는 냉정한 분석으로 자신의 내면에서 발견한 인간의 나약함과 비겁함을 작품에 녹여냈습니다. 동시에 자기 인생을 '전설'이라고 일컬으면서 유쾌한 허풍을 떨기도 했습니다. 버나드 쇼의 위트는 스스로를 한 발 떨어져서 보는 거리 감각으로부터 만들어졌다고 할 수 있어요.

한편 그는 누구보다 사회참여적인 작가였습니다. 빈곤과 여성문제에 깊은 관심을 가졌고, 채식주의를 고수하며 동물보호를 주장했습니다. 희곡을 발표할 때마다 긴 서문을 달아서 사회를 비판하기도 했지요. 자신에 대한 성찰과 세계를 향한 관심에서 탄생한 버나드 쇼의 시니컬한 위트는 끝내 이 혼란한 세상을 냉철하게 바라보고 사랑하게 합니다. 인생에 대한 통찰이 가득한 『버나드 쇼의 문장들』이 독자님께 선물처럼 가닿기를 바랍니다.

마음산책 드림

I had been born a heathen.

33 내게는 양심의 가책과 의무감이 생기기 시작했고, 진실과 명예는 더 이상 어른들이 착한 척하기 위해 쓰는 표현이 아니라 나 자신이 지켜야 하는 원칙이라는 것을 알게 되었다. 내게 찾아온 변화는 내 안에 생겨난 도덕적 열정이었다. 내 경험에 의하면 도덕적 열정이야말로 유일한 진짜 열정이다. 이전까지 내 안에 있던 다른 열정들은 무익하고 목표가 없는 것이었다. 단지 유치한 탐욕과 잔인함, 호기심과 공상, 습관과 미신에 지나지 않았고, 성숙한 지성이 보기에는 괴상하고 우스꽝스러운 것들이었다. 그런 것들이 갑자기 새로운 불꽃처럼 빛나기 시작했을 때, 그것들은 스스로 빛난 것이 아니라 새로이 탄생한 도덕적 열정의 빛으로 밝혀진 것이었다. 도덕적 열정은 다른 열정들에 고귀함과 양심과 의미를 부여했고, 욕망덩어리에 지나지 않았던 것들을 목표와 원칙을 가진 것들로 체계화했다. 나의 영혼은 그러한 도덕적 열정에서 태어났다.

I began to have scruples, to feel obligations,
to find that veracity and honor were no longer
goody-goody expressions in the mouths of grown

up people, but compelling principles in myself. The change that came to me was the birth in me of moral passion; and I declare that according to my experience moral passion is the only real passion. All the other passions were in me before; but they were idle and aimless—mere childish greediness and cruelties, curiosities and fancies, habits and superstitions, grotesque and ridiculous to the mature intelligence. When they suddenly began to shine like newly lit flames it was by no light of their own, but by the radiance of the dawning moral passion. That passion dignified them, gave them conscience and meaning, found them a mob of appetites and organized them into an army of purposes and principles. My soul was born of that passion.

34 모든 사람이 그렇듯 나도 많은 역할을 연기한다. 그리고 그중 어떤 것도 다른 것보다 더 현실적이거나 덜 현실적이지 않다. 내 영혼은 무한한 가치를 지니고 있다. 한마디로 나는 나 자신이라는 재료로 만들 수 있는 것이면서(이는 시시각각으로, 그리고 비상시에는 얼마든

지 변할 수 있다), 당신이 내게서 보는 것이기도 하다.

Like all men, I play many parts, and none of them is more or less real than the other. I am a soul of infinite worth. I am, in short, not only what I can make out of myself, which varies greatly from hour to hour, and emergency to emergency, but what you can see in me.

35 나의 독창성은(비록 보잘것없지만) 문학가가 되지 않으려는 나의 결심에 상당 부분 기인한다. 나는 문학 클럽 대신 시의회에 참여하고 있다. 또한 술을 마시면서 작가 및 서평에 관해 토론하는 대신 유능하고 경험이 풍부한 청과물 상인과 제화공과 함께 위원회에서 시간을 보낸다. 책에서 아이디어를 얻는 사람과 책을 멀리하라. 그러면 당신 자신의 책은 언제나 새로울 것이다.

I owe all my originality, such as it is, to my determination not to be a literary man. Instead of belonging to a literary club I belong to a municipal council. Instead of drinking and discussing authors and reviews, I sit on committees with capable practical greengrocers and bootmakers. Keep away from books and from men who get their ideas from books, and your own books will always be fresh.

36 당신은 책에서의 내 태도가 별로 진지하지 않다고 지적했지요. 가장 진지해야 할 순간에 사람들을 웃게 한다고 말입니다. 하지만 어째서 유머와 웃음이 배제되어야 하죠? 세상이 신의 농담 중 하나일 뿐이라고 가정해봅시다. 그렇다고 해서 당신은 세상을 나쁜 농담이 아닌 좋은 농담으로 만들고자 애쓰지 않을 건가요?

You said that my manner in that book was not serious enough—that I made people laugh in my most earnest moment. Why should humour and laughter be excommunicated? Suppose the world were only one of God's jokes; would you work any the less to make it a good joke instead of a bad one?

37 나는 명예와 인류애를 내 편에 두고 있고, 머릿속에는 위트가, 손에는 노련함이 있다. 그리고 보다 높은 삶을 나의 목표로 삼고 있다.

I have honour and humanity on my side, wit in my head, skill in my hand, and a higher life for my aim.

38 셰익스피어는 나보다 훨씬 크지만 나는 그의 어깨 위에 올라서 있다.

Shakespeare is a much taller man than I, but I stand on his shoulders.

39 미국인들은 나를 무척 좋아하고 앞으로도 죽 그럴 것이다. 내가 그들에 대해 좋은 말을 해줄 때까지는.

Americans adore me and will go on adoring me until I say something nice about them.

40 다이너마이트처럼 무서운 무기를 발명한 사람을 용서하는 것은 쉽다. 하지만 노벨문학상을 발명한 사악한 사람을 어떻게 용서할 수 있겠는가?

I find it easy to forgive the man who invented a devilish instrument like dynamite, but how can one ever forgive the diabolical mind that invented the Nobel Prize in Literature?

41 다른 작가의 작업 방식에 대해 알면 알수록 진정으로 철저한 문학적 표현에 이르기 위해 애쓰려는 사람은 나밖에 없다는 걸 알게 되더군요. 실제로 나는 런던에서 가장 특이한 사람입니다. 이 사실을 이야기하면서 내 이름을 대도 좋아요.

The more I learn about other men's methods the more I perceive that nobody except myself ever dreams of taking the trouble to attain really exhaustive literary expression. In fact I am quite the most extraordinary man in London; and you are quite welcome to give this fact on my authority.

42 많은 사람들이 나를 비범한 인물이라고 생각하는 듯하다. 하지만 사실 나의 99퍼센트는 다른 사람들하고 똑같다.

Many people seem to imagine that I am an extraordinary sort of person. The fact of the matter is that ninety–nine percent, of me is just like everybody else.

43 사람들은 나를 극작가로 생각하지만 난 사실 6년간 시의원으로 일한 것에 자부심을 느끼고 있다.

People think of me as a theatrical man, but I am really proud of having served six years as a municipal councillor.

44 사람들이 나를 가만히 내버려두었다면 나는 내가 태어난 집에서 죽었을 것이다. 나는 나무의 기질을 타고났다. 떡갈나무는 어째서 사람보다 더 크게 자라고 오래 살까? 그건 한곳에서 그보다 나을 것도 없는 다른 곳으로 옮겨 다니면서 에너지를 낭비하지 않기 때문이다.

If I had been let alone, I should have died in the house I was born in. My nature is arboreal. Why does an oak grow taller and live longer than a man? Because it does not waste its energy moving about from one spot to another that is no better.

45 내게 영웅적인 모험담 같은 것은 없다. 사건들이 내게 일어난 게 아니라, 반대로 내가 그것들 가운데로 들어간 것이다. 그리고 내게 일어난 모든 일들은 책과 희곡의 형식을 띠게 되었다. 그 책들을 읽거나 연극들을 관람하시기를. 그러면 내 인생의 모든 이야기를 알 수 있을 터다. 나머지는 아침, 점심, 저녁을 먹고 잠자고 일어나고 씻는 것이며, 나의 일상은 다른 사람들의 일상과 조금도 다를 바 없다. 볼테르는 몰리에르의 사생활에 대해 알 필요가 있는 모든 것을 단 두 페이지로 요약해 들려주고 있다. 그것에 관한 10만 단어짜리 글은 참을 수 없을 만큼 지루할 것이다.

Now I have had no heroic adventures. Things have not happened to me: on the contrary it is I who have happened to them; and all my happenings have taken the form of books and plays. Read them, or spectate them; and you have my whole story: the rest is only breakfast, lunch, dinner, sleeping, wakening, and washing, my routine being just the same as everybody's routine. Voltaire tells you in two pages all you need know about Moliere's private life. A hundred thousand words about it would be unbearable.

46 아버지는 술에 취하든 아니든 대체로 정감이 가는 사람이었다. 그러나 그의 알코올중독은 몹시 수치스러운 것이어서, 웃음이라는 피난처를 찾지 못했다면 우린 견디기 힘들었을 것이다. 그 문제는 가족의 비극이나 농담거리가 되어야 했다. 그리고 우리는 전반적으로 건강한 본능에 따라 되도록 거기서 어떤 재미(아무리 상스러운 재미라 할지라도)를 찾기로 했다. 물론 그런 재미를 찾기란 매우 힘들었지만……. '가장家長'이 한쪽 겨드랑이에는 어설프게 싼 거위를, 다른 쪽 겨드랑이에는 마찬가지로 대충 싼 햄을(이유는 모르지만 뭔가에 들떠서 샀을 것이다) 낀 채, 대문을 연답시고 달키 시골집의 정원 담장을 머리로 들이받으며 실크 모자를 아코디언처럼 찌그러뜨리는 광경을 목격한 아이라면, 하지만 그 광경을 보고 민망해하고 걱정스

러워하는 대신 외삼촌과 함께 깔깔대고 웃느라 정신이 없어서 당장 달려 나가 모자를 구하고 모자 주인에게 안전하게 길 안내를 할 생각을 하지 못한 아이라면, 분명 비극을 사소하게 만들 수는 있어도 사소한 것을 비극으로 만들지는 않을 것이다. 가족의 수치스러운 비밀을 없앨 수 없다면 차라리 그것을 활용하는 편이 낫다.

> Drunk or sober he was usually amiable; but the drunkenness was so humiliating that it would have been unendurable if we had not taken refuge in laughter. It had to be either a family tragedy or a family joke; and it was on the whole a healthy instinct that decided us to get what ribald fun was possible out of it, which, however, was very little indeed... A boy who has seen 'the governor', with an imperfectly wrapped–up goose under one arm and a ham in the same condition under the other (both purchased under heaven knows what delusion of festivity), butting at the garden wall of our Dalkey cottage in the belief that he was pushing open the gate, and transforming his tall hat to a concertina in the process, and who, instead of

being overwhelmed with shame and anxiety at the spectacle, has been so disabled by merriment (uproariously shared by the maternal uncle) that he has hardly been able to rush to the rescue of the hat and pilot its wearer to safety, is clearly not a boy who will make tragedies of trifles instead of making trifles of tragedies. If you cannot get rid of the family skeleton, you may as well make it dance.

47 한번은 『하루를 6펜스로 사는 법』이라는 책을 샀던 게 기억난다. 당시 내 형편상 그런 게 궁금할 수밖에 없었다. 나는 어느 날 오후를 그 책이 하라는 대로 하며 보냈다. 언젠가 내 공식 전기를 출간하게 된다면, 나의 인내심과 자제력을 보여주는 예로 한동안 6펜스로 하루를 살았다는 이야기를 반드시 넣을 생각이다.

I remember once buying a book entitled How to Live on Sixpence a Day, a point on which at that time circumstances compelled me to be pressingly curious. I carried out its instructions faithfully for a whole afternoon; and if ever I had an official biography issued, I shall certainly have it stated therein, in illustration of my fortitude and self-denial, that I lived for some time on sixpence a day.

48 나는 내가 소위 말하는 위대한 인물이 될 운명이라고 생각해본 적이 없다. 솔직히 나는 아주 애처로울 정도로 자신이 없었다. 그래서 나보다 박식하거나 권위 있는 사람의 말을 멍청하리만치 잘 믿었다. 그러던 어느 날 회사에서 충격을 받았다. 나보다 나이도 많고 세상 물정도 잘 알던 C. J. 스미스라는 수습 직원이 했던 말 때문이었다. 어린 녀석들은 모두 자기가 위대한 인물이 될 거라고 믿는다는 것이었다. 얌전한 보통 젊은이에게는 아무런 영향도 미치지 못할 진부한 이야기였다. 그러나 그 말에 상당한 충격을 받은 나는 갑자기 내가 위대한 인물이 되겠다는 생각을 해본 적이 없음을 깨달았다. 내게는 그것이 언제나 당연한 일로 여겨졌었기 때문이다. 그 일은 그렇게 지나갔고, 나에게 어떤 지장을 줄 만큼 나를 사로잡지도 못했다. 그리고 나는 여전히 자신이 없었다. 여전히 변함없이 무능했기 때문이다. 그러나 그 일을 계기로 나는 오직 몇 사람만 두각을 나타내는 일에 전념하며 그 자리의 위엄

에 따르는 책임을 지겠노라고 어렴풋이 다짐했던 예전의 그 순진무구함을 되찾은 게 아닌가 싶다.

I never thought of myself as destined to become what is called a great man: indeed I was diffident to the most distressing degree; and I was ridiculously credulous as to the claims of others to superior knowledge and authority. But one day in the office I had a shock. One of the apprentices, by name C J Smyth, older than I and more a man of the world, remarked that every young chap thought he was going to be a great man. On a really modest youth this commonplace would have had no effect. It gave me so perceptible a jar that I suddenly became aware that I had never thought I was to be a great man simply because I had always taken it as a matter of course. The incident passed without leaving any preoccupation with it to hamper me; and I remained as diffident as ever because I was still as incompetent as ever. But I doubt whether I ever recovered my former complete innocence of subconscious intention to devote myself to the class of work that only a few men excel in, and to accept the responsibilities that attach to its dignity.

49 내 인생의 과업은 아일랜드에 국한된 경험을 바탕으로 더블린에서 이룰 수 있는 게 아니었다. 나는 내 아버지가 곡물 거래소에 가야 했던 것처럼 런던으로 가야 했다. 런던은 영어의 문학적 중심지이자, 영어의 왕국(나는 그곳의 왕이 되고자 했다)이 제공할 수 있는 예술적 문화의 문학적 중심지였기 때문이다.

My business in life could not be transacted in Dublin out of an experience confined to Ireland. I had to go to London just as my father had to go to the Corn Exchange. London was the literary centre for the English language, and for such artistic culture as the realm of the English language (in which I proposed to be king) could afford.

50 이제 런던에서 이도 저도 아닌 애매한 상황에 놓인 나를 보도록 하자. 나는 외국인, 즉 아일랜드인이었

다. 당시 영국의 대학 교육을 받지 않은 아일랜드인은 외국인 중에서도 가장 낯선 외국인으로 여겨졌다. 이제 곧 보게 되겠지만 나는 무식한 사람이 아니었다. 그러나 내가 아는 것은 영국의 대학 졸업자들이 알지 못하는 것이었고, 그들이 아는 것은 내가 모르거나 믿지 않는 것이었다. 나는 촌뜨기였고, 자기주장이 뚜렷한 사람이었다. 따라서 내가 런던 사회에 받아들여지거나 용인되기 위해서는 런던의 정신을 바꿔놓아야 했다.

> Behold me, then, in London in an impossible position. I was a foreigner—an Irishman—the most foreign of all foreigners when he has not gone through the British university mill. I was not, as I shall presently shew, uneducated; but what I knew was what the English university graduates did not know; and what they knew I either did not know or did not believe. I was provincial; I was opinionated; I had to change London's mind to gain any sort of acceptance or toleration.

51 나는 너무 젊고 경험이 적었던 탓에, 나의 문학적 재

능이 부족한 게 아니라 점잖은 빅토리아식 사고와 사회에 적대적인 태도로 반감을 불러일으키는 것이 문제였음을 깨닫지 못했다. 내게는 한 줄기 희망도 남아 있지 않았다. 하지만 나는 소설 쓰기를 멈추지 않았다. (…) 내 안에는 학생이나 사무원 같은 면이 아직 많이 남아 있어서, 하루치 분량인 다섯 페이지를 다 채우면, 문장을 미처 끝내지 못했어도 거기서 멈추고 다음 날 다시 시작했다. 반면에 글쓰기를 거르는 날이 있으면 다음 날 두 배로 일을 해서 부족한 글을 보충했다.

> I had no means of knowing, and was too young and inexperienced to guess, that what was the matter was not any lack of literary competence on my part, but the antagonism raised by my hostility to respectable Victorian thought and society. I was left without a ray of hope; yet I did not stop writing novels. (…) I had so much of the schoolboy and the clerk still in me that if my five pages ended in the middle of a sentence I did not finish it until next day. On the other hand, if I missed a day, I made up for it by doing a double task on the morrow.

52 Q: 당신이 최초로 거둔 진정한 성공은 어떤 것이었나요? 그럴 때 느낌이 어땠는지 말해주세요. 성공에 대한 희망을 버렸던 적은 없는지요?

A: 나는 성공이란 걸 해본 적이 없습니다. 내가 말하는 성공은 나에게로 와서 숨을 멎게 하는 어떤 것입니다. 바이런과 디킨스와 키플링에게 성공이 찾아왔을 때처럼 말이죠. 내게 찾아온 것은 거듭된 실패였습니다. 그러다 마침내 실패를 이겨냈을 때 나는 이미 너무 많은 것을 알아버려서 실패나 성공 따위에는 관심이 없었습니다.

> Q: What was your first real success? Tell me how you felt about it. Did you ever despair of succeeding?
>
> A: Never had any. Success, in that sense, is a thing that comes to you, and takes your breath away, as it came to Byron and Dickens and Kipling. What came to me was repeated failure. By the time I wore it down I knew too much to care about either failure or success.

53 Q: 당신의 첫 번째 문학 활동은 어떤 형식이었나요?

A: 어렴풋이 기억나는 것은 어렸을 적에 단편 하나를 써서 모 소년잡지에 보낸 것입니다. 글렌 오브 더 다운즈에서 총으로 어떤 남자를 공격하는 남자에 관한 이야기였지요. 내겐 총이 관심의 초점이었어요. 그리고 에드워드 맥널티♦와의 서신 교환이 나의 끓어오르는 문학적 에너지를 해소시켜주었습니다.
그 후 한 번 더 그런 경험을 한 적이 있는데, 이번에는 엘리너 허다트라는 영국인 부인과 긴 편지를 주고받았지요. 그때 내가 그녀의 이름을 공개하도록 설득할 수 있었더라면, 적어도 그녀의 책마다 필명을 바꾸지 않고 같은 필명을 고수하게 했더라면, 그녀의 열정과 상상이 넘치는 소설들이 그녀를 널리 알려지게 했을 것입니다. 사실 나의 초창기 작품들은 1879년부터 1883년까지 쓴 다섯 편의 소설입니다. 아마 아무도 출간하지 않으려고 했을 테지만요. 그리고 주인공의 어머니가 잔소리가 심한 여성으로 나오는 신성 모독적인 예수 수난극을 시작했지만 끝내지는 못했습니다. 나에겐 다행한 일이었지만, 농담처럼 쓴 작품들은 언제나 실패로 끝났지요. '예술을 위한 예술'을 향한 나

♦ 에드워드 맥널티(1856~1943)는 아일랜드의 극작가이자 소설가로 버나드 쇼의 절친한 친구였으며, 버나드 쇼에 관한 생생한 인터뷰와 전기를 위한 자료를 많이 남긴 것으로 유명하다.

의 시도는 모두 실패했습니다. 말하자면 그건 두꺼운 편지지 뭉치 위에 못질을 하는 격이었지요.

Q: What form did your literary work first take?
A: I vaguely remember that when I was a boy I concocted a short story and sent it to some boys' journal. It was about a man with a gun attacking another man in the Glen of the Downs. The gun was the centre of interest to me. My correspondence with Edward McNulty worked off my incipient literary energy.
I conducted one more long correspondence, this time with an English lady (Elinor Huddart) whose fervidly–imaginative novels would have made her known if I could have persuaded her to make her name public, or at least to stick to the same pen name, instead of changing it for every book. Virtually, my first works were the five novels I wrote from 1879 to 1883, which nobody would publish. I began a profane Passion Play, with the mother of the hero represented as a termagant, but never carried it through. I was always, fortunately for me, a failure as a trifler. All my

attempts at Art for Art's Sake broke down: it was like hammering nails into sheets of notepaper.

54 나는 내 책이 아닌 다른 어떤 책에도 서문을 써줄 수가 없습니다. 이제 버나드 쇼의 서문은 팔리는 글의 전형이 된 데다가 책의 주제에 관한 일종의 논문과도 같아서 그 분량이 100여 쪽에 달합니다. 그런 글을 쓰고 고치려면 몇 달씩 걸리곤 하지요. 이런 기준에 맞지 않는 서문을 하나만 써도 서문에 관한 나의 명성은 영영 사라지고 말 것입니다…….

I cannot write prefaces for any books but my own. The reason is that the Shaw preface is now a standard commercial article, which takes some months to write and revise, it being really a treatise on its subject, running to perhaps 100 pages. If a single preface not up to this mark were put on the market, the reputation of the article would be gone for ever......

55 나는 첫 책을 76년 전에 끝마쳤다. 그리고 내가 들어

본 적 있는 영어권의 모든 출판업자에게 책을 보냈다. 그들은 약속이라도 한 듯 모두 내 책을 거절했고, 그것은 50년이 지나서야 세상에 나올 수 있었다. 이제 출판업자들은 내 이름이 적힌 건 무엇이든 출판하려 들 것이다.

I finished my first book seventy-six years ago. I offered it to every publisher on the English-speaking earth I had ever heard of. Their refusals were unanimous: and it did not get into print until, fifty years later; publishers would publish anything that had my name on it.

56 내가 문학을 직업으로 택한 주된 이유는 작가는 고객을 만날 일이 없어서 잘 차려입을 필요가 없기 때문입니다. 내가 만약 증권중개인이나 의사나 사업가였다면 풀 먹인 리넨셔츠와 실크 모자 차림을 하고 무릎과 팔꿈치의 불편을 감수해야 했겠지요. 점잖은 직업인 가운데 작가는 유일하게 복장에서 자유롭습니다. 화가도 모델은 직접 만나야 하니까요. 그래서 나는 문학을 직업으로 선택했습니다. 친애하는 독자 여러분, 내 책을 사서 보시더라도 내가 거리에서 어떻게 하고 다

니는지는 잘 모르실 겁니다. 만약 알았다면 어쩌면 다른 신문을 사서 보셨을지도 모르지요.

> My main reason for adopting literature as a profession was, that as the author is never seen by his clients, he need not dress respectably. As a stockbroker, a doctor, or a man of business, I should have had to wear starched linen and a tall hat, and to give up the use of my knees and elbows. Literature is the only genteel profession that has no livery—for even your painter meets his sitters face to face—and so I chose literature. You, friendly reader, though you buy my articles, have no idea of what I look like in the street. If you did, you would probably take in some other paper.

57 따지고 보면 내가 먹고 입고 자는 데 필요한 것 이상의 돈으로 뭘 살 수 있었을까? 담배? 나는 담배를 피우지 않는다. 샴페인? 나는 술을 마시지 않는다. 근사한 정장 서른 벌? 내가 만약 설득당해 그것들을 입는다면 내가 극구 피하던 사람들이 내게 식사를 같이하자고 청할 것이다. 이제 나는 그런 것들을 모두 살 수

있게 되었지만, 예전에 사지 않았던 것들은 절대 사지 않는다. 게다가 나는 풍부한 상상력을 갖고 있다. 내가 기억하기 시작한 이래로 나는 눈을 감기만 하면 내가 원하는 무엇이든 될 수 있고 무엇이든 할 수 있다.

> After all, what could I have bought with more than enough money for food, clothing, and lodging? Cigars? I don't smoke. Champagne? I don't drink. Thirty suits of fashionable clothes? The people I most avoid would ask me to dinner if I could be persuaded to wear such things. By this time I can afford them all; but I buy nothing I didn't buy before. Besides, I have an imagination. Ever since I can remember, I have only had to shut my eyes to be and do whatever I pleased.

58 나는 내 출신을 숨기지 않듯 내 생각을 숨기려 한 적이 한 번도 없다. 게다가 뭐라도 배울 수 있을 것 같은 사람에게는 일부러 그의 말을 반박하는 못된 장난을 치기도 했다. 그를 자꾸 말하게 함으로써 그의 좋은 생각을 내 것으로 만들고 싶었기 때문이다. 그 바람에 적지 않은 괜찮은 사람들에게 상당히 불쾌하고 달갑

지 않은 청년이라는 안 좋은 인상을 주었을 것이다.

As it never occurred to me to conceal my opinions any more than my nationality, and as I had, besides, an unpleasant trick of contradicting everyone from whom I thought I could learn anything in order to draw him out and enable me to pick his brains, I think I must have impressed many amiable persons as an extremely disagreeable and undesirable young man.

59 어느 날 저녁이었다. 내가 소설을 쓰던 시기였고, 돈을 주고 내 글을 읽겠다는 사람이 아무도 없던 시절이었다. 나는 문인의 초라함을 가려주는 신성한 방패, 즉 야회복 차림으로 슬론 가를 걷고 있었다. 그때 한 남자가 내게 다가오더니 유창하고 간절한 말로 도움을 청했다. 마지막에는 자기가 완전히 빈털터리임을 강조했다. 나는 진실을 있는 그대로 말해주었다. "나도 마찬가지랍니다." 그는 조금도 놀라는 기색 없이 정중하게 인사를 하고는 가버렸다. 그가 떠난 뒤 나는 왜 나도 걸인이 되지 않았는지를 자문했다. 내가 보기에 그 남자뿐만 아니라 구걸을 하는 다른 이들도 아주 편

하게 사는 것 같았기 때문이다.

I remember one evening during the novel–writing period when nobody would pay a farthing for a stroke of my pen, walking along Sloane Street in that blessed shield of literary shabbiness, evening dress. A man accosted me with an eloquent appeal for help, ending with the assurance that he had not a penny in the world. I replied, with exact truth, "Neither have I." He thanked me civilly, and went away, apparently not in the least surprised, leaving me to ask myself why I did not turn beggar too, since I felt sure that a man who did it as well as he must be in comfortable circumstances.

60 나의 방식이란 최대한 고심하여 적절한 말을 찾아낸 다음 그것을 최대한 가볍게 이야기하는 것이다.

My method is to take the utmost trouble to find the right thing to say, and then to say it with the utmost levity.

61 오늘 내가 이야기하는 것은 내일이면 모두가 이야기할 것이다. 누가 자기들 머릿속에 그것을 주입했는지 그들은 기억하지 못하겠지만. 사실 당연한 일이다. 나도 누가 내 머릿속에 그런 것들을 주입하는지 알지 못하니까. 그런 게 바로 '시대정신'이다.

What I say today, everybody will say tomorrow, though they will not remember who put it into their heads. Indeed, they will be right; for I never remember who puts the things into my head: it is the Zeitgeist.

62 사람들은 올바름의 기준에 대한 집착이 지나친 나머지 거기서 조금이라도 벗어나는 것은 처벌받아야 할 비행으로 간주한다. 그리고 그 때문에 인생의 오랜 시간을 허비한다. 그들은 자기 앞에 많은 길이 열려 있음에도, 그 길 중 두 개가 옳은 것과 그른 것으로 각각 이름이 붙여질 때까지 나아가려고 하지 않는다. 옳은 길은 나아가기가 무척 어렵지만 그른 길은 너무나 빠르고 쉽게 갈 수 있다.

Our craze for standards of correctness, pushed

as it is to make any departure from them a punishable moral delinquency, wastes years of our lives. However many ways are open before us we refuse to move until two of them are labelled respectively right and wrong, with the right as difficult as we can make it and the wrong the shortest and easiest.

63 그러나 산 경험이 없이는 절대 교양 있는 사람이 될 수 없다. 학위만 갖고 있는 상태에서 죽은 언어와 하찮은 대수학의 수박 겉핥기식 지식으로 넘쳐난다면, 굉장히 박식한 대학 졸업자도 어리석고 무지한 사람이 될 수 있다. 글로 읽는 것과 실제 경험의 결정적인 차이는 시험 점수로 측정되지 않는다. 그 차이에 힘입어 나는 오만하게도 나 자신이 세상에서 가장 폭넓은 교양을 갖춘 사람 중 하나라고 주장하면서, 가끔씩 학계의 유명 인사 중 95퍼센트를 멍청하다고 깎아내릴 수 있었다. 그들 중 특별한 재능을 지닌 극소수 학자들에겐 대단히 죄송하지만 말이다.
문학 바깥에서 굶어 죽지 않도록 나를 구해준 것은 바로 이런 소양이었다. 윌리엄 아처가 충분한 자질을 갖추지 않은 상태에서 억지로 떠맡았던 미술비평 일을 나에게 넘겼을 때 나는 로켓처럼 상승했다. 순수예술 전반에 대해 매주 쉼 없이 써냈던 문예란의 기사들은 60년이 지난 지금도 여전히 읽을 만하다. 소설가로서 만장일치로 퇴짜를 맞은 이후 10년간 런던이 제공해 준 모든 전시와 공연은 나에게 자유롭게 열려 있었다. 나의 소설은 훌륭한 작품일수록 출판사들의 전문 독자들에게 더 반감을 샀지만, 비평가로서 나는 아무런 이의 없이 정상에 올랐다. 반면에 예술을 모르는 영국 가정에서 성장하고 현대의 훌륭한 학교에서 교육을 잘 받은 문학 초심자들은 절대 그런 성과를 낼 수 없었을 것이다.

> But without living experiences no person is educated. With nothing but academic degrees, even when overloaded by a smattering of dead languages and twopennorth of algebra, the most erudite graduates may he noodles and ignoramuses. The vital difference between reading and experience is not measurable by examination marks. On the strength of that difference I claim arrogantly to be one of the best educated men in the world, and on occasion have dismissed 95 percent, of the academic celebrities,

with all due respect for the specific talents
enjoyed by a few of them, as nitwits.
It was this equipment that saved me from being
starved out of literature. When William Archer
delegated to me a job as a critic of painting which
had been pushed on him, and for which he was
quite unqualified, I rose like a rocket. My weekly
feuilletons on all the fine arts in succession
are still readable after sixty years. All that the
exhibitions and performances that London could
provide were open freely to me throughout the
decade that followed my unanimous rebuffs as
novelist. The better my novels the more they
revolted the publishers' professional readers;
but as a critic I came to the top irresistibly, whilst
contemporary well–schooled literary beginners,
brought up in artless British homes, could make
no such mark.

64 비평가로 일하던 몇 년은 나로 하여금 세심하게 숙고한 뒤 판단을 내리게 했고, 유행을 좇는 유명 인사들의 화려한 재능 및 기술적 성취와 천재성을 구분하게

함으로써 나의 정신 교육을 강화했다. 한때의 유행은 그것을 좇는 이들의 죽음과 함께 또는 그 전에 끝나버리지만, 천재성은 한 시대를 넘어 영원히 사람들의 기억에 남는다.

> These years of criticism advanced my mental education by compelling me to deliver carefully considered judgments, and to discriminate between the brilliant talents and technical accomplishments of the fashionable celebrities whose vogue ended with their deaths or sooner, and the genius that is not for an age but for all time.

65 나는 일류를 자처하는 런던 신문사의 꽤 괜찮은 평론가 자리에서 두 번이나 물러나야 했다. 한번은, 편집장과 개인적 친분이 있는 사람들을 거짓으로 추켜세우는 평을 써달라는 요청을 받았기 때문이다. 그 일은 나의 당연한 임무로 여겨졌으며, 그 대가로 나의 지인들을 한껏 띄울 수 있는 자유가 주어졌다. 또 한번은 신문사 사주의 부인이 내가 잘 모르는 무명 예술가들의 접대를 받고 그들에 대한 열광적인 의견을 내 글에

삽입하려고 했는데, 스타일에 대한 나의 감각이 그것을 용납할 수 없었기 때문이다.

I have twice had to resign very desirable positions on the critical staff of London papers of first-rate pretension—in one case because I was called upon as a recognized part of my duties to write corrupt puffs of the editor's personal friends, with full liberty, in return, to corruptly puff my own; and in the other, because my sense of style revolted against the interpolation in my articles of sentences written by the proprietor's wife to express her rapturous opinion of artists, unknown to fame and me, who had won her heart by their hospitality.

66 나는 평생 공정한 평론을 써본 적이 없고, 앞으로도 그러길 바란다. 내가 바라는 것이 있는 한 나는 그것을 얻기 위해 편파적일 수밖에 없고, 나의 모든 기지를 동원해 모두에게 그것을 전파하도록 노력해야 할 터다.

Never in my life have I penned an impartial criticism; and I hope I never may. As long as I have a want, I am necessarily partial to the fulfilment of that want, with a view to which I must strive with all my wit to infect everyone else with it.

67 비평은 어떤 예술가에 대해 절대적으로 진실하고 정확하게 설명할 수 없다. 기껏해야 비평가의 관점을 설명하고 그 관점에서 예술가를 묘사할 수 있을 뿐이다.

Criticism cannot give an absolutely true and just account of any artist; it can at best explain its point of view and then describe the artist from that point of view.

68 분명한 것은 비평가는 어떤 클럽에도 속해서는 안 된다는 것이다. 그는 누구도 알아서는 안 되고, 누구나 비평할 수 있어야 하며, 아무나 그를 비평할 수 있어야 한다. (…) 사람들은 내 글에 개인적인 감정이 담겨 있다고 지적하면서 내가 마치 경범죄라도 저지른 것

인 양 나를 비난한다. 하지만 그들이 잘 모르는 것은, 개인적인 감정 없이 쓴 비평은 읽을 가치가 없다는 사실이다. 누군가를 비평가로 만드는 것은, 훌륭한 예술이건 하찮은 예술이건 그것을 개인적인 문제로 만드는 능력이다. 내가 개인적인 반감 때문에 누군가를 깎아내렸다고 주장하는 예술가가 있다면 그는 제대로 본 것이다.

> Now clearly a critic should not belong to a club at all. He should not know anybody: his hand should be against every man, and every man's hand against his... People have pointed out evidence of personal feeling in my notices as if they were accusing me of a misdemeanour, not knowing that a criticism written without personal feeling is not worth reading. It is the capacity for making good or bad art a personal matter that makes a man a critic. The artist who accounts for my disparagement by alleging personal animosity on my part is quite right.

69 나는 나를 우쭐하게 만드는 착각 외에는 어떤 착각도

하지 않는다. 나는 나이로 치면 중년이지만 지혜로 따지면 원로다.

I am proof against all illusions except illusions which flatter me; I am middle-aged in years and patriarchal in wisdom.

70 유감스럽게도 나는 이렇게 생겨먹어서, 내가 만약 천국에 있다면 어떤 일이라도 만들어 2주 동안은 열심히 일한 뒤 한 시간 동안 천상의 밤을 보내는 식으로 그곳에서의 즐거움을 누릴 것이다. 아마도 불행을 빼고는 행복만큼 견디기 힘든 것도 없을 것이다.

I am unfortunately so constituted that if I were actually in heaven itself I should have to earn my enjoyment of it by turning out and doing a stroke of work of some sort, at any rate of at least a fortnight's hard labor for one celestial evening hour. There is nothing so insufferable as happiness, except perhaps unhappiness.

71 나는 영국 대중에게 진지한 사람으로 인정받을 만큼 따분해지기 위해 근 20년간 애써 자제력을 발휘해야 했다. 그사이 나의 재능이 자연스레 줄어들기도 했지만 말이다. 그런데 어떤 면에서는 여전히 수상쩍은 인물로 여겨지고 있다는 생각이 든다.

It has taken me nearly twenty years of studied self–restraint, aided by the natural decay of my faculties, to make myself dull enough to be accepted as a serious person by the British public; and I am not sure that I am not still regarded as a suspicious character in some quarters.

72 나는 독창성과 끈기만큼은 어느 누구에게도 뒤지지 않는다. 그 덕분에 나 자신과 내 관심사를 떠벌릴 기회를 얼마든지 잡을 수 있다. 하지만 나는 나 자신을 칭찬받게 함으로써 대중을 역겹게 하지는 않는다. (…) 어떤 종류의 악평도 내게는 똑같이 도움이 될 것이다.

I yield to no man in the ingenuity and persistence with which I seize every opportunity of puffing myself and my affairs; but I never nauseate the public by getting myself praised. (…) Any sort of notoriety will serve my turn equally.

73 내가 희곡을 쓰는 건 이 일을 좋아해서이기도 하지만, 살면서 끊임없이 새로운 사람들과 장면들이 떠오르기 때문이다. 나는 타고난 이야기꾼이 아니다. 행동과 대사와 함께 장면들이 머릿속에 먼저 떠오르고, 그런 순간들이 고유의 생명력으로 발전해나가는 것뿐이다.

I write plays because I like it, and because I cannot remember any period in my life when I could help inventing people and scenes. I am not primarily a story–teller: things occur to me first as scenes, with action and dialogue—as moments, developing themselves out of their own vitality.

74 연극에서는 '당신이 나를 즐겁게 하면 대가를 지불하겠다'는 식의 단순한 문제만 일어나는 게 아니다.

What takes place in a theatre is not always a simple matter of you please me and I'll pay you.

75 희곡을 쓰는 것은 내겐 플라토닉한 행위가 되어가고 있다.

Playwriting is becoming a Platonic exercise with me.

76 흥행이 보장되는 희곡을 쓰는 법을 알려준다는 게 무슨 뜻인지요? 나는 앞으로의 10년도 지금처럼 계속 써나갈 것입니다. 그러다 보면 극적으로 달라진 대중 덕분에 황금밭에서 뒹굴 날이 오지 않을까요.

What do you mean by giving me advice about writing a play with a view to the box-office receipts? I shall continue writing just as I do now for the next ten years. After that we can wallow in the gold poured at our feet by a dramatically regenerated public.

77 나는 최선을 다했다는 생각이 들 때까지, 그리고 관객이 무리 없이 소화할 수 있을 만큼 충분히 가벼워질 때까지 절대로 작품을 손에서 놓지 않는다. 그렇게 관

객이 지루해하지 않도록 수개월을 힘들게 일해 내놓은 작품을 보고 그들은 세 시간 동안 즐거이 웃는 것으로 감사를 표할 뿐이다. 그리고 뒤돌아서서 말한다. 그건 연극도 아니었다고. 그러면서 그들은 내가 이야기하는 방식이 진지하지 않았다고 비난한다.

I never let a play out of my hands until it is as good as I can make it, and until it is sufficiently light to be digested without difficulty. But the only thanks that people give me for not boring them is that they laugh delightedly for three hours at the play that has cost many months of hard labour, and then turn round and say that it is no play at all, and accuse me of talking with my tongue in my cheek.

78 희곡을 쓰면서 숭고함에 대한 나의 뛰어난 언어 구사력이 관객에게 엄숙한 마음을 불러일으킬 것 같을 때마다 나는 그 즉시 농담을 던져 엄숙해진 사람들을 높은 곳에서 떨어뜨리곤 한다.

Whenever I feel in writing a play that my great

command of the sublime threatens to induce solemnity of mind in my audience, I at once introduce a joke and knock the solemn people from their perch.

79 대체로 나는 외과의사가 수술을 즐기듯 초연을 즐기곤 합니다. 하지만 이번에는 연극을 좋아하는 사람이 유쾌하게 공연을 즐기는 것처럼 초연을 즐겼답니다.

Usually I enjoy a first night as a surgeon enjoys an operation: this time I enjoyed it as a playgoer enjoys a pleasant performance.

80 나는 작가로서의 내 자리가 어딘지 잘 압니다. 무대는 작가를 위한 자리가 아닙니다. 무대는 작가가 창조한 인물들에게 생명을 불어넣는, 연극의 핵심인 배우들을 위한 자리입니다. 나는 내가 쓴 작품이 공연되는 것을 보는 호사를 누려왔습니다. 이 모든 것은 배우들이 내 작품을 선택해 거기에 생명을 불어넣었기 때문에 가능한 일이었지요.

I know my place as an author, and the place of the author is not on the stage. That belongs really to the artists who give life to the creations of the author and are the real life of the play. I have had the luxury of seeing my own play, which only existed until they took it and made it live.

81 Q: 유머에 대한 당신의 정의는 무엇인가요?
A: 당신을 웃게 만드는 모든 것. 하지만 훌륭한 유머는 웃음과 함께 눈물도 끌어내지요.

Q: What is your definition of humor?
A: Anything that makes you laugh. But the finest sort draws a tear along with the laugh.

82 사람들이 이토록 철저하게 나를 이해하지 못하다니 정말 놀랍군요. 내게 중요한 것은 차별화와 강력한 유머 감각, 그리고 한동안 내 관점에만 집중하는 것입니다. 물론 나는 앞으로도 죽 평온한 이들을 혼란스럽게 하는 재미를 추구해나갈 겁니다. 나는 지나는 길에 불씨를 남겨놓아 주위를 황폐하게 만드는 걸 즐깁니다.

말하자면 상대하기가 무척 힘든 인물이라는 인상을 남기는 것이죠. 그런데 많은 이들이 나를 대할 때 가장 어려워하는 점은 내 기분을 구분하기 힘들다는 것입니다. 내가 언제 농담을 하는지, 언제 진지한 이야기를 하는지 등등을 말이죠. 사람들은 진지한 일에도 농담을 할 수 있다는 걸 이해하지 못합니다. 그래서 끊임없이 내게 온갖 종류의 바보 같은 질문들을 던지죠. 그러면 나도 인간인지라 불행히도 유머 감각 없이 태어나서 고생하는 이들을 놀리기를 즐깁니다. 언젠가는 글쎄 순진하게 생긴 어떤 사람이 용기를 내서는 내가 정말로 진지하게 말하고 글을 쓰고 행동하는 것인지를 묻더군요. 그래서 난 한껏 진지하게 단호한 태도로 이렇게 대답했습니다. “당신이 정말로 내가 진지하다고 믿는다면 내가 그 사실을 확인시켜줄 필요가 없겠지요. 당신이 내가 진지하다는 것을 믿지 않는다면, 마찬가지로 당신이 믿지 않는 것을 확인시켜줄 필요가 없을 것입니다.”

It is an astounding thing that people so thoroughly fail to understand me. All that is necessary is discrimination, a strong sense of humour, and ability to occupy my point of view for the time being. Of course, I get no end of fun out of fluttering the dove-cotes. I love to leave fire and desolation in my path—to create the impression that I am a terrible fellow to deal with. The great difficulty with most people is to distinguish between my moods—when I am joking, and when I am serious; they can't see how anyone can joke about serious things. I am continually being asked all sorts of silly questions, and I am human enough to enjoy mystifying people who labour under the misfortune of being born without a sense of humour. Why, only the other day some innocent had the temerity to ask me if I were really serious in all that I said, wrote and did. "My dear sir," I replied, with the air of all earnestness and conviction, "if you really believe me to be serious, it is unnecessary for me to assure you of the fact. If you do not believe me to be serious, it is equally unnecessary to assure you of something you would not believe."

83 내가 연설에 탁월한 재능이 있다는 것은 조지 버나드 쇼의 전설의 일부일 뿐입니다. 나는 연설가도 아니고,

진정으로 훌륭한 토론자가 되는 데 필요한 좋은 기억력도, 침착성도 갖추지 못했습니다. 나와 반대 의견을 가진 사람에게는 낯설고 내겐 익숙한 장소에 있을 때면 종종 그렇게 보이기도 하지만 말입니다. 나는 스케이트나 자전거를 배우듯 말하기를 익혔습니다. 익숙해질 때까지 끈질기게, 웃음거리가 되어가면서 말입니다. 그런 다음 가장 좋은 학교인 야외, 길모퉁이나 시장의 광장, 공원 등에서 말하기를 연습했지요. 이제는 예전처럼 그런 훈련을 별로 하지 않습니다. 하지만 1880년대 내내 그리고 그 후에도 수년간 수많은 관중을 향해 이야기했으니, 내가 타고난 연설가의 비범한 재능을 지녔다면 그 많은 훈련을 한 뒤에 정말로 뛰어난 연설가가 되어야 했겠지요. (…) 물론 나는 아일랜드인이라 조금 유창하게 말할 줄 알고, 필요할 경우 약간의 수사학과 유머를 구사할 줄도 압니다. 영국에서는 이 모든 게 무척 도움이 되지요. 하지만 '탁월한 재능' 같은 건 다 헛소리입니다.

> My marvellous gift for public speaking is only part of the G.B.S. legend. I am no orator, and I have neither memory enough nor presence of mind enough to be a really good debater, though I often seem to be when I am on ground that is familiar to

me and new to my opponents. I learned to speak as men learn to skate or to cycle—by doggedly making a fool of myself until I got used to it. Then I practised it in the open air—at the street corner, in the market square, in the park—the best school. I am comparatively out of practice now, but I talked a good deal to audiences all through the eighties, and for some years afterwards. I should be a really remarkable orator after all that practice if I had the genius of the born orator. (…) Of course, as an Irishman, I have some fluency, and can manage a bit of rhetoric and a bit of humour on occasion, and that goes a long way in England. But 'marvellous gift' is all my eye.

84 물론 사람들은 모호하게 나를 무정부주의자, 몽상가, 괴짜라고 이야기합니다. 하지만 난 이 중 그 어떤 것도 아니고 오히려 그 반대되는 것들에 가깝습니다. 나는 다만 품위 있고 합리적인 사람이, 요즘 어디에서나 만나는 엄청난 부당함과 사소한 괴로움에 굴복할 필요 없이 품위 있고 합리적인 삶을 살 수 있게 해줄 완벽하게 실용적인 약간의 개혁을 원하는 것뿐입니다.

Of course, people talk vaguely of me as an Anarchist, a visionary, and a crank. I am none of these things, but their opposites. I only want a few perfectly practical reforms which shall enable a decent and reasonable man to live a decent and reasonable life, without having to submit to the great injustices and the petty annoyances which meet you now at every turn.

85 나는 25년간 육식을 했다. 그 뒤론 지금까지 죽 채식주의를 고수하고 있다. 내가 먹는 음식의 야만성에 처음 눈을 뜨게 해준 것은 셸리였다◆. 게다가 1880년 무렵 런던에 처음으로 채식 식당이 생겨서 그 덕분에 더 편히 식습관을 바꿀 수 있었다.

I was a cannibal for twenty-five years. For the

◆ 버나드 쇼는 스물다섯 살부터 아흔네 살로 죽을 때까지 철저하고 열정적인 채식주의자로 살았으며, 생체 해부와 동물을 죽이는 잔인한 스포츠에 대해 격렬한 반대론을 펼쳤다. 그는 1881년 1월, 런던 영국박물관의 독서실에서 셸리의 글을 처음 접한 뒤 그 영향으로 채식주의자가 되었다고 밝힌 바 있다. 퍼시 비시 셸리(1792~1822)는 영국의 낭만파 시인으로 소설가 메리 셸리의 남편이다.

rest I have been a vegetarian. It was Shelley who first opened my eyes to the savagery of my diet; but it was not until 1880 or thereabouts that the establishment of vegetarian restaurants in London made a change practicable for me.

86 동물들은 내 친구들이다. 나는 친구들을 먹지 않는다.

Animals are my friends and I don't eat my friends.

87 채식주의자로 살아가면서 기이한 점은, 다른 이들에게 일어나는 일들이 나한테는 일어나지 않는다는 게 아니라(일어날 일은 다 일어난다) 같은 일이 다르게 일어난다는 것이다. 고통도 다르고, 기쁨도 다르고, 뜨거운 것도 다르고, 차가운 것도 다르고, 심지어 사랑까지도 다르다.

The odd thing about being a vegetarian is, not that the things that happen to other people don't happen to me—they all do—but that they happen differently: pain is different, pleasure different, fever different, cold different, even love different.

88 사람들이 나를 다른 작가, 저널리스트, 극작가와 비교할 때 나 자신을 바라보면 상당히 괜찮은 사람이라는 생각이 든다. 이 모두가 고기를 먹지 않는 식습관 덕분이라는 생각에 기분이 아주 좋아진다. 이것이 우리가 채식을 해야 하는 단순하고도 소박한 이유인 것이다.

It seems to me, looking at myself, that I am a remarkably superior person, when you compare me with other writers, journalists, and dramatists; and I am perfectly content to put this down to my abstinence from meat. That is the simple and modest ground on which we should base our non–meat diet.

89 나처럼 정신력이 강한 사람은 사체를 먹지 않는다.

A man of my spiritual intensity does not eat corpses.

90 나는 내 몸이 죽은 동물들의 썩어가는 사체를 위한 무덤이 되게 하지 않겠다.

I choose not to make a graveyard of my body for the rotting corpses of dead animals.

91 인간이 살해당한 짐승들의 산 무덤으로 살아가는 한 어떻게 이 지구에서 이상적인 환경을 기대할 수 있겠는가?

While we ourselves are the living graves of murdered beasts, how can we expect any ideal conditions on this earth?

92 육식을 하는 사람의 평균 수명은 63세다. 나는 곧 85세가 되지만 그 어느 때보다 왕성하게 일한다. 나는 이미 살 만큼 살았고, 이제 죽을 준비를 하고 있다. 하지만 나는 죽고 싶어도 죽을 수가 없다. 비프스테이크 한 조각만 먹으면 바로 죽을 수 있겠지만 그것을 삼킬 수가 없기 때문이다. 내가 두려운 것은 영원히 사는 것이다. 이것이 채식의 유일한 단점이다.

The average age(longevity) of a meat eater is 63. I am on the verge of 85 and still work as hard as ever. I have lived quite long enough and am trying to die; but I simply cannot do it. A single beef-steak would finish me; but I cannot bring myself to swallow it. I am oppressed with a dread of living forever. That is the only disadvantage of vegetarianism.

93 Q: 조지 버나드 쇼에 대해 정직한 평가를 내려주실 수 있는지요?
A: 조지 버나드 쇼는 나의 픽션 중에서 가장 성공적인 것이지만 약간 지겨워지고 있는 것 같습니다. 조지 버나드 쇼는 나를 따분하게 합니다. 말할 필요가 있는 걸 말할 때와 조지 버나드 쇼의 방식으로 가장 잘 말할 수 있는 걸 말할 때를 제외하고는 말이죠. 조지 버나드 쇼는 하나의 기만입니다.

Q: What is your honest opinion of G.B.S.?
A: Oh, one of the most successful of my fictions, but getting a bit tiresome, I should think. G.B.S. bores me except when he is saying something

that needs saying and can best be said in the G.B.S. manner. G.B.S. is a humbug.

94 나는 이 행성의 토착민이기보다는 언제나 잠시 머무는 체류자로 살아왔습니다. 나의 왕국은 이 세상에 있지 않습니다. 나는 상상의 왕국에서, 오직 버니언, 블레이크, 셸리, 베토벤, 바흐, 모차르트 같은 위대한 죽은 이들과 함께 있을 때만 마음이 편안합니다.

I have always been a sojourner on this planet rather than a native of it; that my kingdom is not of this world; I am at home only in the realm of his imagination, and at ease only with the mighty dead: with Bunyan, with Blake and with Shelley; with Beethoven, Bach and Mozart.

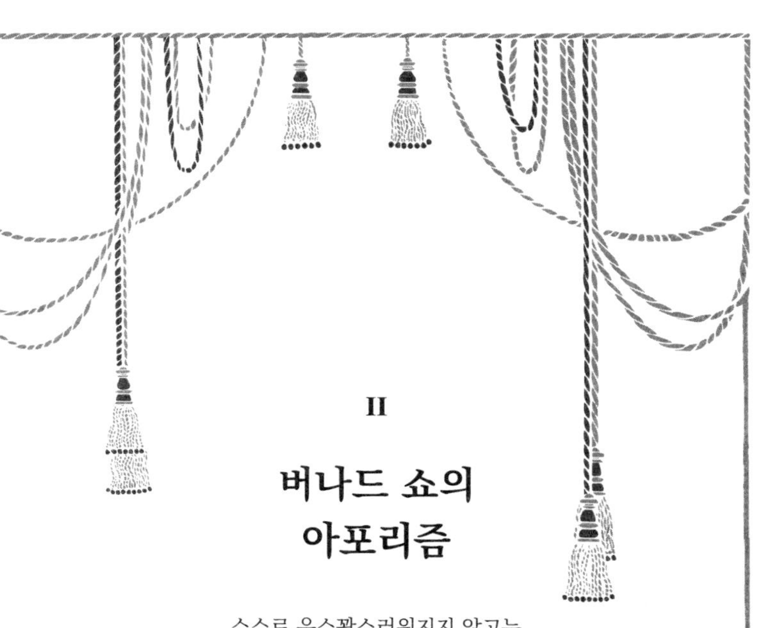

II

버나드 쇼의 아포리즘

스스로 우스꽝스러워지지 않고는

스케이트를 배울 수 없다.

삶이라는 얼음은 미끄럽기 마련이다.

1 펌프에 도착하면, 양동이에 깨끗한 물을 채우기 전에 먼저 더러운 물을 비워냈는지 확인하라.

When you arrive at the pump be careful to empty the dirty water from your bucket before you pour in the fresh.

2 추하고 불행한 세상에서는 세계 제일의 갑부일지라도 추한 것과 불행만 살 수 있을 뿐이다.

In an ugly and unhappy world the richest man can purchase nothing but ugliness and unhappiness.

3 부자들은 추한 것과 불행을 피하려는 노력으로 그 둘을 더욱 심화시킨다. 그들이 웨스트엔드♦를 조금씩 늘려갈 때마다 새로운 이스트엔드♦♦가 생겨난다.

♦ 영국 런던의 가장 번화한 상업 지구로 극장과 영화관, 레스토랑 등이 몰려 있다.

♦♦ 영국 런던 북동부 템스강 북안에 있는 한 구역으로, 극빈 노동자가 사는 빈민가로 알려져 있다.

In his efforts to escape from ugliness and unhappiness the rich man intensifies both. Every new yard of West End♦ creates a new acre of East End♦♦.

4 우리는 인간이며, 우리(우리 모두)는 그 사실을 잊을 때가 많다. 인간은 평화와 선의, 그리고 모두가 서로 사랑하는 것을 좋아하지 않는다. 자신이 아무리 그렇다고 생각을 해도 실제로는 그렇지 않다. 인간은 그렇게 만들어지지 않았기 때문이다. 인간은 먹고 마시고 사랑하고 미워하기를 좋아한다. 또한 인간은 과시하기를 좋아하고, 최대한 많이 차지하려고 하며, 자신의 권리를 위해 싸우고, 자신에게 약간의 기회라도 주려는 사람을 쥐고 흔들려는 경향이 있다.

We're human beings we are—all of us—and that's what people are liable to forget. Human beings don't like peace and goodwill and everybody loving everybody else. However much they may think they do, they don't really because they're not made like that. Human beings love eating and drinking and loving and hating. They also like showing off, grabbing all they can, fighting for their rights and bossing anybody who'll give them half a chance.

5 사람은 경험하지 않고는 어떤 자질도 획득할 수 없고, 개인적인 흥미와 편견 없이는 어떤 경험도 할 수 없다. 이는 이상적인 순서가 아닐 수도 있다. 그러나 세상은 그렇게 만들어졌으니 우린 그 사실을 최대한 이용해야만 한다.

You cannot have qualifications without experience; and you cannot have experience without personal interest and bias. That may not be an ideal arrangement; but it is the way the world is built and we must make the best of it.

6 회상은 우리로 하여금 굉장히 감미롭게 나이 들고 슬픈 것처럼 느끼게 한다.

Reminiscences make one feel so deliciously aged and sad.

7 정말로 돈은 세상에서 가장 중요한 것이다. 건전하고 성공적인 모든 사람과 국민도덕은 이 사실을 그 근본에 두어야 한다.

Money is indeed the most important thing in the world; and all sound and successful personal and national morality should have this fact for its basis.

8 사람은 바라는 것이 있는 한 살아갈 이유가 있는 것이다. 만족은 곧 죽음이다.

As long as I have a want, I have a reason for living. Satisfaction is death.

9 사려 깊은 사람들은 모두가 행복과 불행이 구조적인 문제이며 돈하고는 아무 상관이 없다고 말할 것이다. 돈은 배고픔을 달래줄 수는 있지만 불행을 치유해줄 수는 없다. 음식은 식욕을 충족시켜줄 수는 있지만 영혼을 충만하게 할 수는 없다.

All the thoughtful ones will assure you that happiness and unhappiness are constitutional, and have nothing to do with money. Money can cure hunger: it cannot cure unhappiness. Food can satisfy the appetite, but not the soul.

10 올바른 행위란 어떤 신비스러운 방식으로 우리가 스스로에게 존중심을 표현하는 것이다. 그리고 이러한 존중심의 크기에 비례하여 각자의 처신이 달라질 수 있다. 우리 안에는 영혼이라고 불리는 불가사의한 것이 있는데, 고의적인 사악함이 이를 죽일 수도 있고, 영혼 없이는 어떤 물질적 이득에도 삶을 견디기가 힘들어질 수 있다. 올바른 행위는 이성이 아닌 이성 너머에 있는 어떤 신성한 본능에 좌우된다. 이성은 단지 가장 빠른 길을 알려줄 뿐 행위의 목적지를 알려주지는 못한다.

Good conduct is a respect which you owe to yourself in some mystical way; and people are manageable in proportion to their possession of this self-respect. There is a mysterious something in us called a soul, which deliberate wickedness kills, and without which no material gain can make life bearable. Good conduct is not dictated by reason but by a divine instinct that is beyond reason. Reason only discovers the shortest way: it does not discover the destination.

11 남자나 여자의 교양은 누군가와 다툴 때 어떻게 처신하는지를 보면 안다. 만사가 순조로울 때는 누구라도 바르게 처신하는 법이다.

The test of a man or woman's breeding is how they behave in a quarrel. Anybody can behave well when things are going smoothly.

12 우리에게 건강이 허락되고 자신이 나아갈 길을 알고 있다면 우리는 멈춰 서서 자신이 행복한지 아닌지를 애써 고민하지 않을 것이다.

Give a man health and a course to steer; and he'll never stop to trouble about whether he's happy or not.

13 할 수 있는 사람은, 한다. 할 수 없는 사람은, 가르친다.

He who can, does. He who cannot, teaches.

14 충고는 피마자기름과도 같아서 주기는 쉽지만 취하기는 상당히 불편하다.

Advice is like Castor Oil, easy enough to give but dreadful uneasy to take.

15 어떤 말을 거슬리게 하지 않으려면 아예 말하지 않는 게 낫다. 자신을 불편하게 하지 않는 것에는 아무도 신경 쓰지 않기 때문이다.

If you do not say a thing in an irritating way, you may just as well not say it at all, since nobody will trouble themselves about anything that does not trouble them.

16 인간은 오직 책을 통해서만 완전한 진리와 사랑과 아

름다움을 경험해왔다.

Only in books has mankind known perfect truth, love and beauty.

17 문학은 결코 반목해서는 안 된다.

Literature should never be at war.

18 음절이 세상을 지배한다.

Syllables govern the world.

19 독서는 돈키호테를 신사가 되게 했고, 돈키호테는 자신이 읽은 것을 믿음으로써 광인이 되었다.

Reading made Don Quixote a gentleman.
Believing what he read made him mad.

20 스스로 우스꽝스러워지지 않고는 스케이트를 배울 수 없다. 삶이라는 얼음은 미끄럽기 마련이다.

You cannot learn to skate without making yourself ridiculous. The ice of life is slippery.

21 행복하건 불행하건, 성공적이든 그렇지 못하든, 인생은 엄청나게 흥미로운 것이다.

Life, happy or unhappy, successful or unsuccessful, is extraordinarily interesting.

22 자신이 사용하는 것 이상으로 소유하는 사람은 근심 걱정이 늘어나기 마련이다.

The more a man possesses over and above what he uses, the more careworn he becomes.

23 영원히 살려고 애쓰지 마라. 결코 성공하지 못할 테니까.

Do not try to live for ever. You will not succeed.

24 세상에는 황금률 같은 게 없다는 것이 황금률이다.

The golden rule is that there are no golden rules.

25 관습적으로 그려진 천국은 너무나 공허하고, 엄청 따분하고, 아무짝에도 쓸모없고, 너무나 한심해서 아무도 천국에서의 온종일을 묘사할 엄두를 내지 못했다. 반면에 해변에서의 하루는 수많은 사람이 묘사하곤 했다.

Heaven, as conventionally conceived, is a place so inane, so dull, so useless, so miserable that nobody has ever ventured to describe a whole day in heaven, though plenty of people have described a day at the seaside.

26 영원한 휴일은 지옥에 대한 하나의 유효한 정의다.

A perpetual holiday is a good working definition of hell.

27 대중을 멀리하는 데 너무 늦은 때란 없다. 자신의 꿈을 좇고, 자신이 세운 목표를 향해 나아가라.

It's never too late to get away from the crowd. Follow your dream, move toward your goal.

28 매우 기발한 것을 이야기하면 당신은 수상이 될 수 있다. 하지만 그것을 글로 쓰면 당신은 셰익스피어가 될 수 있다.

Find enough clever things to say, and you're a Prime Minister; write them down and you're a Shakespeare.

29 관객이 적극적으로 공연을 감상하게 만드는 유일한 방법은, 관객의 웃음소리를 무시하고 연기를 계속하는 것이다. 관객이 자신들의 소란함으로 인해 연극의

많은 부분을 놓치게 놔두면서. 그들은 자기가 놓친 대사를 최고의 대사라고 생각하기 마련이다. 그러면 그들은 비록 대사의 일부를 놓치더라도 어떤 중단이나 실망감 없이 끝까지 연극을 관람할 수 있다.

The only way to compel the audience to take matters into their own hands is to ignore the laughs and go steadily through them, actually trying to make the audience lose as much as possible of the play through their own noisiness. Remember that the lines one does not hear are always imagined to be the best in the play. And though the words may be lost, the play can at least be seen without any interruption or disillusion.

30 생생한 예술은 언제나 예술과 삶의 만남에서 비롯된다. 예술은 단일한 성性으로 이루어져 스스로는 아무것도 생산할 수 없다. 예술과 삶의 만남은 언제나 가능하다. 예술가가 자신의 예술을 그 시대의 종교와 철학과 과학과 정치 속에서 끓어오르게 해 더욱더 차원 높은 삶과 만나게 하지는 못할지라도, 적어도 예술을 거리의 명백한 삶 및 보통의 열정들과 만나게 할 수는

있기 때문이다.

Vital art comes always from a cross between art and life: art being of one sex only, and quite sterile by itself. Such a cross is always possible; for though the artist may not have the capacity to bring his art into contact with the higher life of his time; fermenting in its religion, its philosophy, its science, and its statesmanship, he can at least bring it into contact with the obvious life and common passions of the streets.

31 극작가의 임무는 독자로 하여금 무대를 잊게 하는 것이다. 그리고 배우의 임무는 관객을 잊는 것이며, 각광 쪽으로 깃발의 다른 면을 향하게 하는 어설픈 '조연 시종'처럼 매 공연마다 무대와 관객을 상기시키는 것이 아니다.

A dramatist's business is to make the reader forget the stage and the actor forget the audience, not to remind them of both at every turn, like an incompetent 'extra gentleman' who turns the wrong side of his banner towards the footlights.

32 혼돈 속에서 신들의 무리를 창조해내고자 하는 의지가 없다면 희곡을 쓰는 게, 아니 무엇이든 쓰는 게 무슨 소용이 있을까?

What is the use of writing plays, what is the use of writing anything, if there is not a will which finally moulds chaos itself into a race of gods.

33 나이 든 사람은 지혜를 헛되이 쓰고, 젊은이는 젊음을 낭비한다.

Wisdom is wasted on the old, and youth is wasted on the young.

34 누군가가 뛰어난 양식과 훌륭한 취향을 지녔다는 것은 그가 독창성이나 정신적 용기가 없음을 의미한다.

A man of great common sense and good

taste—meaning thereby a man without originality or moral courage.

35 화를 내는 매분마다 당신은 60초의 행복을 잃는 셈이다.

For every minute you are angry, you lose 60 seconds of happiness.

36 절대 돼지들과 맞붙어 싸우지 마라. 둘 다 더러워질 뿐만 아니라 돼지는 싸움을 좋아한다.

Never wrestle with pigs. You both get dirty and the pig likes it.

37 사람들 간의 소통에서 가장 큰 착각은 소통이 이루어졌다고 믿는 것이다.

The greatest fallacy with communication is the belief that it has actually occurred.

38 신경질적인 사람들의 감정을 절대 배려하지 마라. 그들에게 제대로 일격을 가한 다음 그들이 반격하게 내버려둬라. 그러면 그들은 당신과 더는 싸우려 들지 않을 것이다.

Never spare the feelings of touchy people. Hit them bang on the nose, and let them hit back. Then they can't quarrel with you.

39 성공은 결코 실수를 하지 않는 게 아니라 똑같은 실수를 두 번 하지 않는 데 있다.

Success does not consist in never making mistakes but in never making the same one a second time.

40 관심과 행위는 성공뿐만 아니라 실수를 저지르게 하기도 한다. 하지만 실수를 저지르면서 보낸 인생은 아무것도 하지 않으면서 보낸 인생보다 명예로울 뿐 아니라 훨씬 쓸모가 있다.

Attention and activity lead to mistakes as well as to successes; but a life spent in making mistakes is not only more honorable but more useful than a life spent doing nothing.

41 관습은 사람들을 어떤 잔인함에도 익숙해지게 한다. 그리고 유행은 그들로 하여금 어떤 관습도 받아들이게 한다.

Custom will reconcile people to any atrocity; and fashion will drive them to acquire any custom.

42 주인이 노예를 통해 모든 것을 하게 되면 노예가 그의 주인이 된다. 그는 노예 없이는 살 수 없기 때문이다.

When the master has come to do everything through the slave, the slave becomes his master, since he cannot live without him.

43 사람들은 언제나 지금의 자신을 상황 탓으로 돌리곤

한다. 나는 상황 같은 것을 믿지 않는다. 세상에서 성공하는 사람들은 떨쳐 일어나 자신이 원하는 상황을 찾아다니는 이들이다. 그것을 찾지 못하면 그들은 그것을 스스로 만들어낸다.

People are always blaming circumstances for what they are. I don't believe in circumstances. The people who get on in this world are the people who get up and look for the circumstances they want, and, if they can't find them, make them.

44 예술은 마법의 거울과도 같아서 보이지 않는 우리의 꿈들을 보이는 그림에 반영하게 한다. 우리는 거울을 통해 자신의 얼굴을 보지만, 예술 작품을 통해서는 자신의 영혼을 본다.

Art is the magic mirror you make to reflect your invisible dreams in visible pictures. You use a glass mirror to see your face: you use works of art to see your soul.

45 음악이 없다면 우린 분명 술과 모르핀 그리고 감각으로 하여금 천박한 쾌락을 느끼게 하는 모든 인위적인 과장誇張들로 인해 죽고 말 것이다.

Without music we shall surely perish of drink, morphia, and all sorts of artificial exaggerations of the cruder delights of the senses.

46 상상은 창조의 시작이다. 우리는 자신이 욕망하는 것을 상상하고, 자신이 상상하는 것을 바라게 되며, 종국에는 자신이 원하는 것을 만들어낸다.

Imagination is the beginning of creation. You imagine what you desire, you will what you imagine and at last you create what you will.

47 성서에서 '도덕성'이라는 말을 발견한다면 우리는 전화나 자동차라는 말을 발견한 것만큼이나 놀랄 것이다.

The word morality, if we met it in the Bible, would surprise us as much as the word telephone or motor car.

48 대부분의 사람들에게는 자신이 사는 시기에 유행하는 방식이 아닌 다른 식으로 생각하는 게 불가능하지는 않더라도 어려운 일이다.

It is difficult, if not impossible, for most people to think otherwise than in the fashion of their own period.

49 보통 사람들은 기도를 하지 않고 단지 구걸할 뿐이다.

Common people do not pray; they only beg.

50 거짓말쟁이가 받는 벌은 사람들이 그를 믿지 않는 게 아니라 그가 아무도 믿을 수 없다는 데 있다.

The liar's punishment is, not in the least that he is not believed, but that he cannot believe any one else.

51 명예란 당신이 그것을 얻은 뒤에야 비로소 믿게 되는 것이다. 그러니 스스로를 깨끗하고 빛나게 유지하려고 애쓰라. 당신은 자신이라는 창문을 통해 세상을 바라보기 때문이다.

You cannot believe in honor until you have achieved it. Better keep yourself clean and bright: you are the window through which you must see the world.

52 젊은이들이 나이 든 이들을 위해 할 수 있는 것은 그들에게 충격을 줘 시대에 뒤처지지 않게 하는 것뿐이다.

It's all that the young can do for the old, to shock them and keep them up to date.

53 스스로를 개혁하고자 하는 사람은 먼저 사회를 개혁해야 한다. 올바르지 못한 환경에서는 올바른 사람이 될 수 없기 때문이다.

We must reform society before we can reform

ourselves. Personal righteousness is impossible in an unrighteous environment.

54 혁명가란 현존하는 사회 질서를 버리고 또 다른 것을 시도하려는 사람이다.

A revolutionist is one who desires to discard the existing social order and try another.

55 생존권은 끊임없이 도전을 받지 않으면 남용되기 십상이다.

The right to live is abused whenever it is not constantly challenged.

56 자유에 따른 위험은 모두가 짊어지게 해야 한다. 그러나 무지와 스스로에 대한 무력감에 기인하는 위험은 또 다른 문제다.

The risks of liberty we must let everyone take; but

the risks of ignorance and self–helplessness are another matter.

57 천재는 한 사회의 안녕을 위해서 소란을 일으키고, 불경스러운 말을 하고, 고상한 취향을 거스르고, 젊은이들의 정신을 타락시키고, 대체로 나이 든 이들을 분개하게 할 수 있는 특권을 부여받을 필요가 있다.

It is necessary for the welfare of society that genius should be privileged to utter sedition, to blaspheme, to outrage good taste, to corrupt the youthful mind, and generally to scandalize one's uncles.

58 진보란 폭력적인 수단이 아무리 효과적이라 할지라도 그것을 거부하는 데 달려 있다.

Progress depends on our refusal to use brutal means even when they are efficacious.

59 문명은 비판 없이는 발전할 수 없다. 따라서 스스로를 침체와 부패로부터 구하기 위해서는 비판에 대한 면책을 선언해야 한다.

A civilization cannot progress without criticism, and must therefore, to save itself from stagnation and putrefaction, declare impunity for criticism.

60 세상에서 무언가를 얻어내려는 사람들과 세상을 모두에게 더 살기 좋은 곳이 되게 하려는 사람들 사이에는 끊임없는 전쟁이 벌어지고 있다.

There is the eternal war between those who are in the world for what they can get out of it and those who are in the world to make it a better place for everybody to live in.

61 유행이란 결국 유도된 전염병에 불과하다.

Fashions, after all, are only induced epidemics.

62 시민 교육이란 권위에 대한 맹목적인 복종 속에 이루어지는 교육이 아니라, 논쟁을 동반한 교육 및 회의론과 불만과 개선을 동반한 자유를 의미한다.

Civic education does not mean education in blind obedience to authority, but education in controversy and liberty in scepticism, in discontent and betterment.

63 조직화된 국가는 그 어떤 범죄자보다 힘을 악용하거나 아무 거리낌 없이 범죄를 저지를 수 있다. 그러한 국가는 자신의 범죄를 합법화하고, 그 범죄를 정당화하는 문서를 조작하고, 그 실상을 드러내려는 사람에게는 고문을 자행하기까지 한다.

No single criminal can be as powerful for evil, or as unrestrained in its exercise, as an organized nation. It legalizes its crimes, and forges certificates of righteousness for them, besides torturing any one who dares expose their true character.

64 정치에서는 모든 사실이 선택된 사실이다. 달리 말하면, 가장 정직한 사람조차도 편파적인 마음을 가지고 있다는 것이다.

In politics, all facts are selected facts. To put it another way, the very honestest man has an unfair mind.

65 피터에게서 훔쳐 폴에게 지급하는 정부는 언제나 폴의 지지에 기대기 마련이다.

A government that robs Peter to pay Paul can always depend on the support of Paul.

66 빈곤을 없앨 수 있는 사람은 빈곤에 공감하는 사람이 아니라 그것을 증오하는 사람이다.

It is the people who hate poverty, not those who sympathize with it, who will put an end to it.

67 당신의 이웃을 자신만큼 사랑하지 마라. 당신이 자신과 잘 지낸다면 당신은 그에게 무례를 저지르는 것이다. 당신이 자신과 잘 지내지 못한다면 당신은 그에게 해를 끼치는 셈이 된다.

Do not love your neighbor as yourself. If you are on good terms with yourself it is an impertinence: if on bad, an injury.

68 금욕은 미덕이 아니다. 그것은 다만 나쁜 짓을 하게 될까 봐 미리 조심하는 것일 뿐이다.

Self–denial is not a virtue: it is only the effect of prudence on rascality.

69 행동은 앎으로 가는 유일한 길이다.

Activity is the only road to knowledge.

70 합리적인 사람은 자신을 세상에 맞춘다. 반면 비합리

적인 사람은 세상을 자신에게 맞추기를 고집한다. 따라서 모든 진보는 비합리적인 사람에게 달려 있다.

The reasonable man adapts himself to the world: the unreasonable one persists in trying to adapt the world to himself. Therefore all progress depends on the unreasonable man.

71 모든 진보는 사회와의 전쟁을 의미한다.

All progress means war with Society.

72 당신의 공격에 반격하지 않는 사람을 조심하라. 그는 당신을 용서하지도 않으며, 당신이 스스로를 용서하는 것도 용납하지 않을 것이기 때문이다.

Beware of the man who does not return your blow: he neither forgives you nor allows you to forgive yourself.

73 자기희생은 얼굴을 붉히지 않고 다른 사람들을 희생시키는 것을 가능하게 한다.

Self-sacrifice enables us to sacrifice other people without blushing.

74 결국에는 잘못된 길도 언제나 어딘가로 이끌기 마련이다.

After all, the wrong road always leads somewhere.

75 위대함은 인간의 하찮음을 느끼는 것으로도 정의될 수 있다.

Greatness is one of the sensations of littleness.

76 누군가를 진정으로 우쭐하게 만드는 것은 당신이 그를 치켜세울 가치가 있다고 생각하는 것이다.

What really flatters a man is that you think him

worth flattering.

77 우리의 자아는 스스로를 가장 믿지 못하는 사람이며, 세상 누구보다도 속이기 힘들다.

A man's own self is the last person to believe in him, and is harder to cheat than the rest of the world.

78 세속적인 사람들과 상대하는 방법은 그들의 헐뜯는 속삭임을 큰 소리로 반복함으로써 그들을 겁주는 것이다.

The way to deal with worldly people is to frighten them by repeating their scandalous whisperings aloud.

79 무언가가 우스우면 숨겨진 진실이 무엇인지를 주의 깊게 살펴보라.

When a thing is funny, search it carefully for a hidden truth.

80 당신은 어떤 것을 보고 "왜?"라고 말한다. 하지만 나는 세상에 존재하지 않았던 것을 꿈꾸면서 "왜 안 돼?"라고 말한다.

You see things; and you say, 'Why'. But I dream things that never were; and I say, 'Why not'.

81 모든 것이 가능하다, 모든 것이.

Everything is possible: everything.

82 침묵은 경멸의 완벽한 표현이다.

Silence is the perfect expression of scorn.

83 비밀 스스로 지키는 비밀 말고 세상에 비밀이란 없다.

There are no secrets except the secrets that keep themselves.

84 시간만 충분하다면 모든 일은 조만간 모두에게 일어나기 마련이다.

Everything happens to everybody sooner or later if there is time enough.

85 우리는 과거의 회상이 아닌 미래에 대한 책임감으로 현명해지는 것이다.

We are made wise not by the recollection of our past, but by the responsibility for our future.

86 자연은 인간의 실험을 지지하지 않는다. 다만 그 결과에 따라 부침을 함께할 뿐이다. 인간이 아무런 도움이 되지 않으면 자연은 또 다른 실험을 시도할 것이다.

Nature holds no brief for the human experiment:

it must stand or fall by its results. If Man will not serve, Nature will try another experiment.

87 나는 회복기를 즐긴다. 그것은 병이 나름의 가치가 있다고 믿게 하는 부분이기 때문이다.

I enjoy convalescence. It is the part that makes the illness worth while.

88 언젠가 한 나이 든 아메리카 원주민이 자신의 마음속 싸움을 이런 식으로 묘사했다. "내 안에는 두 마리의 개가 살고 있습니다. 그중 하나는 비열하고 사악합니다. 다른 하나는 선량합니다. 비열한 개는 선량한 개를 내내 못살게 굽니다." 누군가가 어느 개가 이기는지를 묻자 그는 잠시 생각하더니 이렇게 대답했다. "내가 밥을 더 많이 주는 개요."

A Native American elder once described his own inner struggles in this manner: Inside of me there are two dogs. One of the dogs is mean and evil. The other dog is good. The mean dog fights the good dog all the time. When asked which dog wins, he reflected for a moment and replied, The one I feed the most.

89 당신과 내가 사과를 각각 한 개씩 가지고 있는데 그것들을 맞바꾸어도 우리에게는 여전히 각각 한 개씩의 사과가 있다. 반면 당신과 내가 각각 하나의 아이디어를 가지고 있는데 그것들을 맞바꾸면 우리는 각각 두 개의 아이디어를 가지게 된다.

If you have an apple and I have an apple and we exchange these apples then you and I will still each have one apple. But if you have an idea and I have an idea and we exchange these ideas, then each of us will have two ideas.

90 낙천주의자와 염세주의자는 모두가 사회에 기여를 한다. 낙천주의자는 비행기를 발명하고, 염세주의자는 낙하산을 발명한다.

Both optimists and pessimists contribute to

society. The optimist invents the aeroplane, the pessimist the parachute.

91 다른 이들의 사인을 수집하는 데 시간을 낭비하지 마라. 그보다는 그 시간을 스스로의 사인을 수집할 가치가 있게 하는 데 써라.

Don't waste time collecting other people's autographs; rather devote it to making your own autograph worth collecting.

92 반응하지 않고 행동하기로 마음먹으면 가능성은 무수해진다.

The possibilities are numerous once we decide to act and not react.

93 삶은 자신을 발견하는 게 아니라 자신을 창조하는 것이다.

Life isn't about finding yourself. Life is about creating yourself.

94 사람은 자신의 경험이 아닌 경험 자체를 받아들이는 능력에 비례해 현명해지는 것이다.

Men are wise in proportion, not to their experience, but to their capacity for experience.

95 배우려는 마음이 없으면 경험하고도 배우지 못한다.

Experience fails to teach where there is no desire to learn.

96 우리가 경험만으로 무언가를 배울 수 있다면, 런던의 돌들은 그곳에 사는 가장 현명한 사람들보다 훨씬 현명할 것이다.

If we could learn from mere experience, the stones of London would be wiser than its wisest men.

97 비평가의 충성심은 부패를 의미한다.

Loyalty in a critic is corruption.

98 문학은 너무 많은 '감사의 말'과 독창성에 관한 언쟁으로 넘쳐난다.

Literature is too full of 'acknowledgments' and squabbles about originality.

99 나는 나의 멋지고 화려한 말들은 언제라도 그럴싸해 보이게 할 수 있지만, 진실은 그렇게 보이게 할 수 없다.

Though I can always make my extravaganzas appear credible, I cannot make the truth appear so.

100 우리는 늙어서 더 이상 즐기지 않는 것이 아니라, 더 이상 즐기지 않기 때문에 늙는 것이다.

We don't stop playing because we grow old; we grow old because we stop playing.

101 우리는 새로운 무언가를 배울 때마다 무언가를 포기해야 하는 것처럼 느낀다.

It seems as though every time you learn something new you have to give up something.

102 알코올은 우리로 하여금 삶이라는 수술을 견디게 해주는 마취제다.

Alcohol is the anesthesia by which we endure the operation of life.

103 세상에서 가장 비극적인 것은 명예롭지 못한 천재다.

The most tragic thing in the world is a man of genius who is not a man of honor.

104 권력은 인간을 타락시키지 않는다. 그러나 어리석은 자들이 힘을 갖게 되면 권력을 타락시킨다.

Power does not corrupt men; fools, however, if they get into a position of power, corrupt power.

105 법을 판사에게, 종교를 주교에게만 맡겨둔다면 머지않아 법도 종교도 존재하지 않는다는 걸 알게 될 것이다.

Never forget that if you leave your law to judges and your religion to bishops, you will presently find yourself without either law or religion.

106 혁명은 독재의 무거운 짐을 가볍게 한 적이 없다. 단지 그 짐을 또 다른 어깨 위로 옮겨놓았을 뿐이다.

Revolutions have never lightened the burden of tyranny: they have only shifted it to another shoulder.

107 모든 위대한 진실은 신성모독처럼 시작된다.

All great truths begin as blasphemies.

108 정확히 관찰하는 능력을 갖지 못한 이들은 그것을 흔히 냉소주의라고 부른다.

The power of accurate observation is commonly called cynicism by those who have not got it.

109 해야만 하는 일을 하는 것은 당신을 행복하게 하지 않을지 모르지만 위대한 사람이 되게 할 수는 있다.

Doing what needs to be done may not make you happy, but it will make you great.

110 모든 덕성 중에서 침묵을 선택하라. 그리하면 당신은 다른 이들의 불완전함을 듣고 자신의 단점을 감출 수 있다.

Choose silence of all virtues, for by it you hear other men's imperfections, and conceal your own.

111 신사란 자신이 얻는 것보다 더 많은 것을 세상에 주는 사람이다.

A gentleman is one who puts more into the world than he takes out.

112 모방은 아부의 가장 진실한 방식일 뿐만 아니라 배움의 가장 진실한 방식이기도 하다.

Imitation is not just the sincerest form of flattery—it's the sincerest form of learning.

113 적절한 때를 기다리지 말고 스스로 그런 기회를 만들

어내라.

Don't wait for the right opportunity: create it.

114 친구가 진정으로 당신에게 해줄 수 있는 유일한 것은, 당신이 자신의 고귀한 모습을 볼 수 있게 거울을 들어 당신을 비춤으로써 용기를 잃지 않게 하는 것이다.

The only service a friend can really render is to keep up your courage by holding up to you a mirror in which you can see a noble image of yourself.

115 2퍼센트의 사람들은 생각을 한다. 3퍼센트의 사람들은 자기가 생각을 한다고 생각한다. 그리고 나머지 95퍼센트의 사람들은 생각하는 것을 죽기보다 싫어한다.

Two percent of the people think; three percent of the people think they think; and ninety–five percent of the people would rather die than think.

116 자신과 자기 시대에 관해 쓰는 사람은 모든 사람과 모든 시대에 관해 쓰는 유일한 사람이다.

The man who writes about himself and his own time is the only man who writes about all people and all time.

117 예술이 없다면 조악한 현실이 난무하는 세상을 견디기 힘들 것이다.

Without art, the crudeness of reality would make the world unbearable.

118 처음 숨을 쉬기 전 9개월간을 제외하고는 어떤 인간도 나무만큼 자기 일을 잘 처리하지 못한다.

Except during the nine months before he draws his first breath, no man manages his affairs as well as a tree does.

119 무의식적인 자아가 진정한 천재다. 의식적 자아가 그것과 뒤섞이는 순간 숨결이 변질된다.

The unconscious self is the real genius. Your breathing goes wrong the moment your conscious self meddles with it.

120 당신이 좋아하는 것을 가질 수 있도록 노력하라. 그러지 않으면 자신이 가진 것을 마지못해 좋아해야 할 것이다.

Take care to get what you like or you will be forced to like what you get.

121 당신을 규정할 수 있는 두 가지는, 아무것도 없을 때 당신이 보여주는 인내심과 모든 것을 가졌을 때 당신이 취하는 태도다.

Two things define you: Your patience when you have nothing and your attitude when you have everything.

122 우리가 역사에서 배우는 것은 '인간은 역사에서 결코 아무것도 배우지 못한다는 것'이라고 한 헤겔의 말은 옳았다.

Hegel was right when he said that we learn from history that man can never learn anything from history.

123 세상의 진보는 당신이 당신의 연장자들보다 잘 아는 데 달려 있음을 기억하라.

Remember that the progress of the world depends on your knowing better than your elders.

124 춤이란 수평적 욕망을 수직적으로 표현한 것이다.

Dancing is a perpendicular expression of a horizontal desire.

125 적당히 충실한 아내를 둔 적당히 정직한 남자, 그리고

적당히 쾌적한 집에서 적당히 술을 즐기는 부부. 이것이 진정한 중산층의 모습이다.

A moderately honest man with a moderately faithful wife, moderate drinkers both, in a moderately healthy house: that is the true middle class unit.

126 결혼이 인기 있는 것은 결혼에는 최대의 유혹과 최대의 기회가 한데 모여 있기 때문이다.

Marriage is popular because it combines the maximum of temptation with the maximum of opportunity.

127 19세기의 가장 혁명적인 발명품은 피임이다.

The most revolutionary invention of the XIX century was the artificial sterilization of marriage.

128 두 사람이 가장 강렬하고 광적이며 더없이 망상적이고 덧없는 열정에 사로잡혀 있을 때, 그들은 그 흥분되고 비정상적이며 소모적인 상태를 죽음이 그들을 갈라놓을 때까지 끊임없이 유지할 것을 맹세하라고 요구받는다.

When two people are under the influence of the most violent, most insane, most delusive, and most transient of passions, they are required to swear that they will remain in that excited, abnormal, and exhausting condition continuously until death do them part.

129 결혼보다 위험한 난센스가 이야기되고 생각되는 주제는 없다.

There is no subject on which more dangerous nonsense is talked and thought than marriage.

130 우리가 이해하는 가정생활은 앵무새에게 새장이 당연하지 않은 것처럼 우리에게도 당연한 것이 아니다.

Home life as we understand it is no more natural to us than a cage is natural to a cockatoo.

131 물리적으로 인간 사회와 농장 뜰은 다를 바가 없다. 단지 아이들은 병아리와 송아지보다 다루기가 힘들면서 비용이 많이 들고, 남자와 여자는 가축처럼 철저히 예속되어 있지 않다는 점만 제외하고는.

Physically there is nothing to distinguish human society from the farm–yard except that children are more troublesome and costly than chickens and calves and that men and women are not so completely enslaved as farm stock.

132 결혼은 창문을 닫고 잘 수 없는 남자와 창문을 열고 잘 수 없는 여자가 맺는 동맹 관계다.

Marriage is an alliance entered into by a man who can't sleep with the window shut, and a woman who can't sleep with the window open.

133 연애는 언제나 신혼 같아야 한다. 그렇게 되게 할 수 있는 유일한 방법은 계속 남자를 바꾸는 것이다. 같은 남자는 절대 그 상태를 지속할 수 없다.

A love affair should always be a honeymoon. And the only way to make sure of that is to keep changing the man; for the same man can never keep it up.

134 나는 여느 남편들처럼 뜨거운 사랑으로 시작해 습관으로 끝났다.

I began as a passion and have ended as a habit, like all husbands.

135 소수는 가끔씩 옳다. 다수는 언제나 틀리다.

The minority is sometimes right; the majority always wrong.

136 나의 명성은 실패와 더불어 높아져간다.

My reputation grows with every failure.

137 자신의 인생을 어떻게 살 것인지 마음먹느라 너무 오래 머뭇거리다 보면 어느새 죽음에 이르렀음을 보게 될 것이다.

If you take too long in deciding what to do with your life, you'll find you've done it.

138 색인 속에서는 모두가 평등하다.

An index is a great leveler.

139 삶은 모든 사람을 똑같이 다루지만, 죽음은 뛰어난 사람을 드러내 보인다.

Life levels all men: death reveals the eminent.

140 세상에서 맹신자의 양심보다 위험한 것은 없다.

There is nothing more dangerous than the conscience of a bigot.

141 행동가가 나서서 말로만 떠드는 사람을 침묵하게 하기 전까지는 사회적 양심을 가진 사람이 그렇지 못한 사람에게 휘둘리기 십상이다.

Until the men of action clear out the talkers, we who have social consciences are at the mercy of those who have none.

142 사람들은 때로 짐을 지기보다는 그 짐에 끌려가는 경향이 있다.

People become attached to their burdens sometimes more than the burdens are attached to them.

143 대부분의 사람들이 알고 싶어 하는 것들은 대체로 그들하고는 상관없는 것들이다.

The things most people want to know about are usually none of their business.

144 우리는 항상 무언가에 대해 생각해야 한다. 사람들이 그것에 대해 하는 이야기가 아니라 그것 자체에 대해 생각해야 한다.

We must always think about things, and we must think about things as they are, not as they are said to be.

145 오래 살수록 태양계에서 지구는 정신병원으로 기능하고 있다는 생각이 점점 더 많이 든다.

The longer I live, the more I think that, in the solar system, the Earth acts as a madhouse.

146 당신이 생각하는 바를 전달하는 가장 좋은 방법은 사람들을 즐겁게 하는 것이다.

The best way to get your point across is to entertain.

147 과학이 하나의 문제를 해결할 때마다 열 개의 또 다른 문제들이 생겨난다.

Science never solves a problem without creating ten more.

148 답이 뻔한 문제가 가장 대답하기 어려운 법이다.

No question is so difficult to answer as that to which the answer is obvious.

149 누군가에게 무언가를 가르치면, 그는 결코 스스로 배우려 들지 않을 것이다.

If you teach a man anything, he will never learn.

150 대부분의 사람은 자기만의 음악을 마음속에 간직한 채 세상을 떠난다.

Most people go to their grave with their music inside them.

151 치통으로 고통받는 사람은 이가 좋은 사람은 모두 행복할 거라고 생각한다. 가난에 시달리는 사람들 또한 부자들에 대해 같은 착각을 한다.

The man with toothache thinks everyone happy whose teeth are sound. The poverty stricken man makes the same mistake about the rich man.

152 어떤 일을 할 수 없다고 말하는 사람은 그 일을 하는 사람을 방해해서는 안 된다.

People who say it cannot be done should not

interrupt those who are doing it.

153 나는 사자 조련사의 용기에 대해 별로 생각해본 적이 없다. 우리 안에서 그는 적어도 다른 인간들로부터 안전하게 머물 수 있다. 사자는 별로 해를 끼치지 않는다. 그는 이상, 종교, 정치, 기사도, 귀족 따위를 알지 못한다. 한마디로 자신이 먹고자 하는 것 외에 어떤 것도 파괴할 이유가 없다.

I have never thought much of the courage of a lion tamer. Inside the cage he is at least safe from other men. There is not much harm in a lion. He has no ideals, no religion, no politics, no chivalry, no gentility; in short, no reason for destroying anything that he does not want to eat.

154 나는 집 밖에서 집에 있는 것처럼 느끼는 게 싫다.

I dislike feeling at home when I am abroad.

155 지옥으로 향하는 길은 선의로 포장돼 있다고들 한다.

Hell, they says, is paved with good intentions.

156 누구나 의도는 좋다.

All men mean well.

157 인간은 5년마다 위원회에 출두해 청산될 것을 각오하고 자신의 존재를 정당화해야 하지 않을까.

We should all be obliged to appear before a board every five years and justify our existence on pain of liquidation.

158 도덕은 부자들의 사치품이다.

Morals are a luxury of the rich.

159 즐거움이 인생을 살 만하게 하는 것이 아니라, 삶이 즐거움을 누릴 가치가 있게 하는 것이다.

It is not pleasure that makes life worth living. It is life that makes pleasure worth having.

160 사랑은 한 사람과 다른 모든 사람의 차이에 대한 엄청난 과장이다.

Love is a gross exaggeration of the difference between one person and everybody else.

161 닳아 없어질 때까지 당신의 건강을 사용하라. 건강은 그러라고 있는 것이다. 죽기 전에 당신이 가진 모든 걸 써버리고 당신 자신보다 오래 살지 마라.

Use your health, even to the point of wearing it out. That is what it is for. Spend all you have before you die; do not outlive yourself.

162 초보 작가는 문학적 언어를 획득하기를 열망하고, 노련한 작가는 어떻게든 그것을 지우려고 애쓴다.

In literature the ambition of the novice is to acquire the literary language: the struggle of the adept is to get rid of it.

163 우리는 나이팅게일을 보면서 그의 머리에서는 결코 나올 수 없을 시적 상상력을 그에게 부여해야만 직성이 풀린다.

We put up even with the nightingale only by giving it credit for poetic fancies that never came into its head.

164 한 세대의 새로움이란 지지난 세대의 유행이 되살아난 것에 불과하다.

The novelties of one generation are only the resuscitated fashions of the generation before last.

165 연극의 질은 곧 그 아이디어의 질이다.

The quality of a play is the quality of its ideas.

166 세상이 독창성이라고 부르는 것은 단지 세상을 간질이는 낯선 방식일 뿐이다.

What the world calls originality is only an unaccustomed method of tickling it.

167 아름다운 여자와 평생 행복하게 지내고 싶어 하는 남자는 입에 포도주를 가득 머금은 채 그 맛을 음미하고 싶어 하는 것과 같다.

He who desires a lifetime of happiness with a beautiful woman desires to enjoy the taste of wine by keeping his mouth always full of it.

168 한 사람이 무엇을 믿는지는 그의 신념이 아닌, 습관적인 행동이 포함하는 가정假定들을 보고 알 수 있다.

What a man believes may be ascertained, not from his creed, but from the assumptions on which habitually acts.

169 세상에는 단 하나의 종교와 100여 개의 다양한 버전이 있다.

There is only one religion, though there are a hundred versions of it.

170 역사가 되풀이되면서 언제나 예기치 못한 일이 일어난다면, 인간이 경험에서 배우는 것은 불가능에 가까운 일일 것이다.

If history repeats itself, and the unexpected always happens, how incapable must Man be of learning from experience!

171 일관성은 진취적 정신의 적이다. 대칭이 예술의 적인 것처럼.

Consistency is the enemy of enterprise, just as symmetry is the enemy of art.

172 모든 시대나 상황은 영웅의 출현을 동반한다. 한 나라에서 능력이 가장 뛰어난 장군은 그 나라의 카이사르이며, 가장 지혜로운 정치인은 그 나라의 솔론♦이다. 가장 명료한 사상가는 그 나라의 소크라테스이며, 가장 비범한 시인은 그 나라의 셰익스피어다.

No age or condition is without its heroes. The least incapable general in a nation is its Cæsar, the least imbecile statesman its Solon, the least confused thinker its Socrates, the least commonplace poet its Shakespeare.

173 왕은 왕으로 태어나는 게 아니라 보편적 환각에 의해 만들어지는 것이다.

Kings are not born: they are made by universal

♦ 아테네의 입법가이자 그리스 일곱 현인賢人의 한 사람.

hallucination.

174 성공의 비결은 되도록 많은 사람의 심기를 불편하게 하는 것이다.

The secret of success is to offend the greatest number of people.

175 세상에 완벽하게 명예로운 사람은 없다. 그러나 진실한 사람은 모두 한 가지 중요한 명예로운 점과 그보다 덜 중요한 명예로운 점들을 지니고 있다.

There are no perfectly honorable men; but every true man has one main point of honor and a few minor ones.

176 상식은 본능에 속하는 것이다. 그것을 넘치게 가진 사람을 우리는 천재라고 부른다.

Common sense is instinct. Enough of it is genius.

177 인간은 모든 일에 있어서 단호히 스스로를 웃음거리가 되게 함으로써 발전해나간다.

Man progresses in all things by resolutely making a fool of himself.

178 과학은 그 목적을 달성했다고 여길 때만 위험한 것이 된다.

Science becomes dangerous only when it imagines that it has reached its goal.

179 행복한 삶을 사는 비결은 자신이 좋아하는 일을 하는 것이다. 그러면 너무 바빠서 자신이 행복한지 아닌지를 생각할 겨를이 없을 것이기 때문이다.

The secret of a happy life is to do work you enjoy and then you'll be too busy to know whether you're happy or not.

180 행복을 좇다가 언젠가 그것을 발견하게 된다면, 당신은 자기 안경을 찾는 노파처럼 행복이 언제나 당신 가까이 있었음을 알게 될 것이다.

If ever chasing happiness you find it someday, you, like an old woman looking for her glasses, will find that happiness was all the time on your nose.

181 인간은 벽돌처럼 불에 타면 더 단단해진다.

A human is like a brick: when burning, he becomes tougher.

182 진보의 첫 번째 조건은 검열을 없애는 것이다.

The first condition of progress is the removal of censorship.

183 검열은 아무도 읽지 않는 책을 제외하고는 어떤 책도

읽는 게 허용되지 않을 때 논리적으로 완벽해질 수 있다.

Censorship ends in logical completeness when nobody is allowed to read any books except the books that nobody reads.

184 우리가 설명할 수 없는 현상의 의미로 보는 기적은 우리 주변에서 늘 일어나고 있다. 삶 자체가 기적 중의 기적이기 때문이다.

Miracles, in the sense of phenomena we cannot explain, surround us on every hand: life itself is the miracle of miracles.

185 완벽한 연애는 오로지 우편으로만 이루어지는 연애다.

The perfect love affair is one which is conducted entirely by post.

186 민주주의는 우리가 그럴 자격이 있는 만큼 다스려지기를 보장하는 하나의 장치다.

Democracy is a device that insures we shall be governed no better than we deserve.

187 애국심이란, 근본적으로, 단지 거기서 태어났다는 이유만으로 어떤 특정한 나라가 세계 제일이라는 확신이다.

Patriotism is, fundamentally, a conviction that a particular country is the best in the world because you were born in it.

188 사람은 정상에 올라갈 수는 있지만 거기서 오래 머물 수는 없다.

Man can climb to the highest summits, but he cannot dwell there long.

189 누군가가 진심으로 옳은 일을 하고자 할 때면 무엇을 해야 할지 알기가 참으로 어렵다.

It's so hard to know what to do when one wishes earnestly to do right.

190 이성에 귀를 기울이는 사람은 패배자다. 이성은 그것을 다스릴 만큼 정신력이 강하지 못한 사람들을 예속시키기 때문이다.

The man who listens to Reason is lost: Reason enslaves all whose minds are not strong enough to master her.

191 예술가의 목표는 누구도 넘어설 수 없는 결정적인 작품을 창조하는 것이다.

The goal of an artist is to create the definitive work that cannot be surpassed.

192 매우 어려운 일에 전념하면서 그것을 아주 잘해내는 사람은 자존감을 잃는 법이 없다.

No man who is occupied in doing a very difficult thing, and doing it very well, ever loses his self-respect.

193 좋아하는 것과 싫어하는 것 따위는 잊어버려라. 그런 것들은 조금도 중요하지 않다. 그냥 당신이 해야 할 일을 해라. 그러면 행복하지 않을지는 몰라도 위대해질 수는 있을 것이다.

Forget about likes and dislikes. They are of no consequence. Just do what must be done. This may not be happiness but it is greatness.

194 미덕은 불충분한 유혹이다.

Virtue is insufficient temptation.

195 정말로 지적인 작품은 모두 유머러스하다.

All genuinely intellectual work is humorous.

196 상상력이 풍부한 사람이 현실감각까지 갖추면 결국에는 언제나 희극을 쓰게 되는 이유가 뭘까? 그건 분명 그의 상상 속 모험과 실제 상황 및 능력이 현저하게 다르다는 엄청난 아이러니 때문일 것이다.

Why does the imaginative man always end by writing comedy if only he has also a sense of reality? Clearly because of the stupendous irony of the contrast between his imaginary adventures and his real circumstances and powers.

197 보통 사람은 무정부주의자다. 그는 자기 좋을 대로만 하려고 한다. 또한 자기 이웃이 지배받는 것은 용납하지만 자기 자신이 지배받는 것은 원하지 않는다.

The ordinary man is an anarchist. He wants to do as he likes. He may want his neighbor to be governed, but he himself doesn't want to be governed.

198 사람은 위대한 일을 함으로써 위대해지는 것이 아니다. 누군가가 위대한 일을 하는 것은 그가 위대하기 때문이다.

People do not become great by doing great things. They do great things because they are great.

199 실험실에서 행해지는 잔혹한 행위가 의학 연구로 불린다고 해도 그 때문에 덜 잔혹한 것은 아니다.

Atrocities are not less atrocities when they occur in laboratories and are called medical research.

200 내가 만약 여자라면 나는 투표권을 가질 때까지는 남자와 말하거나 남자를 위해 무언가를 하기를 거부할 것이다.

If I were a woman, I'd simply refuse to speak to any man or do anything for men until I'd got the vote.

201 진정으로 무언가를 하기를 원하는 사람은 그 방법을 찾아내고야 말 것이다.

What man really wishes to do he will find a means of doing.

202 사람은 뇌가 없어도 그럴듯해 보일 수 있지만, 그가 할 수 있는 것이라고는 공직에 출마하는 것뿐이다.

Without a brain, you might look good, but all you could do is run for public office.

203 비극적 상황이란, 미덕이 승리하지 않으면서 인간이 인간을 망가뜨리는 힘보다 고귀하다는 것이 여전히 느껴지는 때를 가리킨다.

A tragic situation exists precisely when virtue does *not* triumph but when it is still felt that man is nobler than the forces which destroy him.

204 세상에 잘못된 것이 없으면 우리가 할 일이 아무것도 없을 것이다.

If there was nothing wrong in the world there wouldn't be anything for us to do.

205 내가 철저하고 비겁하게 두려워하는 유일한 동물은 사람이다.

Human beings are the only animals of which I am thoroughly and cravenly afraid.

206 가난은 사람을 불행하게 하는 것이 아니라 황폐해지게 한다.

Poverty doesn't bring unhappiness; it brings

degradation.

207 세상에 위대한 남자나 여자 같은 것은 없다. 사람들은 과거에 유니콘이나 용의 존재를 믿었던 것처럼 그런 사람들이 존재한다고 믿는다. 그러나 위대한 남자나 여자의 99퍼센트는 당신과 똑같은 사람이다.

There is no such thing as a great man or a great woman. People believe in them, just as they used to believe in unicorns and dragons. The greatest man or woman is 99 percent just like yourself.

208 자유는 한 나라의 생명의 숨결 같은 것이다.

Liberty is the breath of life to nations.

209 신은 한 사람의 예술가처럼 세상을 창조했다. 따라서 세상은 예술가들로부터 배워야 한다.

God made the world as an artist and that is why

the world must learn from its artists.

210 우리의 이상은 고대의 신들처럼 끊임없이 인간의 희생을 요구한다.

Our ideals, like the gods of old, are constantly demanding human sacrifices.

211 내가 평등을 위한 주장을 펼칠 때는 인간의 평등을 말하고자 하는 것이다. 그것은 물론 딱 한 가지를 의미하는데, 소득의 평등이 그것이다.

When I speak of The Case for Equality I mean human equality; and that, of course, can only mean one thing: it means equality of income.

212 인간을 구원할 수 있는 유일한 희망은 교육에 있다.

To me the sole hope of human salvation lies in teaching.

213 행복한 가정은 때 이른 천국과도 같다.

A happy family is but an earlier heaven.

214 아이들에게 정직이 최상의 방책이라고 정직하게 말할 수 있으려면 먼저 정직한 세상을 만들어야 한다.

We must make the world honest before we can honestly say to our children that honesty is the best policy.

215 부모가 되는 것은 매우 중요한 일종의 직업이다. 그러나 아이들의 관점에서 부모로서 적합한지를 알아보는 시험이 시행된 적은 없다.

Parentage is a very important profession, but no test of fitness for it is ever imposed in the interest of the children.

216 아주 잘 자란 아이들은 자신들의 부모를 있는 그대로

보아온 아이들이다. 위선은 부모의 첫 번째 의무가 아니다.

The best brought-up children are those who have seen their parents as they are. Hypocrisy is not the parent's first duty.

217 당신이 스스로를 자녀들에게 실례로 들고 싶다면 모범이 아닌 경고의 예로 보여주어라.

If you must hold yourself up to your children as an object lesson, hold yourself up as a warning and not as an example.

218 자신들이 아이들을 얼마나 지루하게 하는지를 부모들이 깨달을 수 있다면!

If parents would only realize how they bore their children!

219 우리가 보고자 하는 것은 지식을 추구하는 아이이지 아이를 쫓는 지식이 아니다.

What we want to see is the child in pursuit of the knowledge not the knowledge in pursuit of the child.

220 대학의 문제점을 들라면 모든 대학생이 단지 학생일 뿐이라는 것이다. 대학 교육의 가장 중요한 본질은 그들이 성인이 되게 만드는 것인데 말이다.

What is the matter with our universities is that all the students are schoolboys, whereas it is of the very essence of university education that they should be men.

221 책은 어린아이와 같다. 책을 세상에 내보내는 게 그 후에 그것을 통제하는 것보다 훨씬 쉽다.

A book is like a child: it is easier to bring it into the world than to control it when it is launched there.

222 당신 자신이 읽지 않을 책은 아이에게 절대 주지 않는 것을 원칙으로 삼아라.

Make it a rule never to give a child a book you would not read yourself.

223 우리가 무언가를 믿고자 할 때면 느닷없이 그에 대한 모든 찬성론이 우리 눈에 들어오면서 그에 대한 반대론은 보지 못하게 된다.

The moment we want to believe something, we suddenly see all the arguments for it, and become blind to the arguments against it.

224 학자란 공부를 하면서 시간을 죽이는 게으름뱅이에 불과하다. 그의 거짓 지식을 경계해야 할 터다. 그것은 무지보다 위험하기 때문이다.

A learned man is an idler who kills time with study. Beware of his false knowledge: it is more dangerous than ignorance.

225 노련한 언론인은 기사를 쓰기 전에 절대 두 번 생각하는 법이 없다.

A veteran journalist has never had time to think twice before he writes.

226 모든 직업은 속인俗人들에 대한 음모다.

All professions are conspiracies against the laity.

227 나는 인간이 지은 건축물 중에서 등대보다 이타적인 것을 알지 못한다. 등대는 다른 어떤 목적 때문이 아니라 오직 봉사하기 위해서만 지어졌기 때문이다.

I can think of no other edifice constructed by man as altruistic as a lighthouse. They were built only to serve. They weren't built for any other purpose.

228 자신이 스스로 합리적으로 논증하지 않은 것을 다른 사람에게 합리적으로 논증할 수는 없다.

You can't rationally argue out what wasn't rationally argued in.

229 왕의 천박함은 대부분의 국민을 즐겁게 한다.

Vulgarity in a king flatters the majority of the nation.

230 어리석은 국가에서는 천재가 신이 된다. 모두가 그를 숭배하지만 아무도 그의 뜻대로 행하지 않는다.

In a stupid nation the man of genius becomes a god: everybody worships him and nobody does his will.

231 내가 하려는 것을 당신이 못 하게 하면 그것은 박해이다. 그러나 당신이 하려는 것을 내가 못 하게 하면 그것은 법이고 질서이고 도덕이다.

When you prevent me from doing anything I want to do, that is persecution; but when I prevent you from doing anything you want to do, that is law, order and morals.

232 사람들에게 진실을 말하고 싶으면 그들을 웃게 하는 게 좋을 것이다. 그러지 않으면 그들이 당신을 죽일지도 모른다.

If you want to tell people the truth, you'd better make them laugh or they'll kill you.

233 인간이 믿음을 잃어버린 게 아니라, 믿음의 대상이 신에게서 의료 행위로 바뀐 것이다.

We have not lost faith, but we have transferred it from God to the medical profession.

234 문명은 썩은 재료들로 사회를 세우는 행위가 야기하는 질병과도 같다.

Civilization is a disease produced by the practice of building societies with rotten material.

235 현대문명을 찬양하는 사람들은 대개 그것이 증기기관과 전신電信 같은 것이라고 생각한다.

Those who admire modern civilization usually identify it with the steam engine and the electric telegraph.

236 증기기관과 전신의 원리를 이해하는 사람들은 그것들을 더 나은 것으로 대체하느라 평생을 보낸다.

Those who understand the steam engine and the electric telegraph spend their lives in trying to replace them with something better.

237 자본주의는 권력이 받쳐주는 자기 이익 외의 모든 효과적인 힘에 대한 믿음을 파괴했다.

Capitalism has destroyed our belief in any effective power but that of self interest backed by force.

238 인간은 자신들이 숭배하던 신이 눈에 보이면서 그를 이해할 수 있게 되면 그를 십자가에 매달아 죽이곤 했다.

We admit that when the divinity we worshipped made itself visible and comprehensible we crucified it.

239 민주주의란 소수의 부패한 사람들에 의한 임명을 무능한 다수에 의한 선거로 대체하는 것이다.

Democracy substitutes election by the incompetent many for appointment by the corrupt few.

240 모든 사회가 불관용에 근거하고 있다 할지라도 모든 진보는 관용에 바탕을 두고 있다.

Though all society is founded on intolerance, all improvement is founded on tolerance.

241 세상에 무조건적인 것은 없다. 따라서 공짜인 것도 없다. 자유는 책임을 의미한다. 그게 바로 대부분의 사람들이 자유를 두려워하는 이유다.

Nothing can be unconditional: consequently nothing can be free. Liberty means responsibility. That is why most men dread it.

242 평등이 당연시되는 곳에서는 복종 또한 당연시된다.

Where equality is undisputed, so also is subordination.

243 하급자에 대한 상급자의 관계는 좋은 매너를 배제한다.

The relation of superior to inferior excludes good manners.

244 오늘날 인간의 고통은 너무나 끔찍할 정도라, 그에 대해 자꾸 생각하다 보면 다른 이들에게 어떤 도움도 주지 못한 채 그들의 진정한 고통에 우리의 상상 속 고통만 더하게 된다.

Human misery is so appalling nowadays that if we allowed ourselves to dwell on it we should only add imaginary miseries of our own to the real miseries of others without doing them any good.

245 사람이 호랑이를 죽이면 그것은 스포츠라고 불린다. 반면에 호랑이가 사람을 죽이면 그것은 잔인한 행위로 규정된다.

When a man wants to murder a tiger he calls it sport; when a tiger wants to murder him, he calls it ferocity.

246 하늘에 있는 신을 믿는 사람을 조심하라.

Beware of the man whose god is in the skies.

247 모든 것을 용서받는 청춘은 아무것도 용서하지 않는다. 반면 모든 것을 용서하는 노년은 아무것도 용서받지 못한다.

Youth, which is forgiven everything, forgives itself nothing: age, which forgives itself everything, is forgiven nothing.

248 자신의 환상을 기록하는 모든 사람은 세상이 여전히 기다리는 진정한 과학적 심리학을 위한 자료를 제공하는 셈이다.

Every man who records his illusions is providing data for the genuinely scientific psychology which the world still waits for.

249 정부의 기술은 우상숭배를 조직화하는 것이다.

The art of government is the organization of idolatry.

250 관료정치는 공무원들, 귀족정치는 우상들, 그리고 민주정치는 우상숭배자들로 이루어져 있다.

The bureaucracy consists of functionaries; the aristocracy, of idols; the democracy, of idolaters.

251 야만인들은 나무와 돌로 만든 우상에 절을 한다. 문명인들은 살과 피로 된 우상을 숭배한다.

The savage bows down to idols of wood and stone: the civilized man to idols of flesh and blood.

252 나무로 된 우상이 기도에 응답하지 않으면 농부는 그것을 때린다. 살과 피로 된 우상이 만족스럽지 않으면 문명인은 그것의 목을 자른다.

When the wooden idol does not answer the peasant's prayer, he beats it: when the flesh and blood idol does not satisfy the civilized man, he cuts its head off.

253 왕을 죽이는 사람과 왕을 위해 죽는 사람은 똑같이 우상숭배자이다.

He who slays a king and he who dies for him are alike idolaters.

254 애국심, 여론, 부모의 의무, 규율, 종교, 도덕성 등은 겁을 주기 위한 그럴듯한 명칭일 뿐이다.

Patriotism, public opinion, parental duty, discipline, religion, morality, are only fine names for intimidation.

III

버나드 쇼의 작품 속 문장들

영혼은 음악과 그림과 책과 산과 호수,

그리고 아름다운 옷과 멋진 사람들과의 교제를 먹고살죠.

이 나라에서는 돈이 아주 많지 않으면 영혼을 가질 수 없답니다.

우리 영혼이 그토록 배가 고픈 게 바로 그 때문이고요.

『상심의 집』

1 하루치 일은 하루치 일일 뿐 그 이상도 그 이하도 아니다. 그리고 그 일을 하는 사람은 하루치의 음식과 하룻밤의 휴식 및 적당한 여가를 필요로 한다. 그가 화가든 쟁기질하는 농부든 똑같이.

『비사회적인 사회주의자』

A day's work is a day's work, neither more nor less, and the man who does it needs a day's sustenance, a night's repose and due leisure, whether he be painter or ploughman.

An Unsocial Socialist

2 평화는 전쟁보다 좋은 것이지만, 평화를 지키는 것은 전쟁을 하는 것보다 훨씬 힘들다.

『상심의 집』 서문

Peace is not only better than war, but infinitely more arduous.

preface of Heartbreak House

3 어떻게 살아야 할지를 모르는 사람들은 잘 죽도록 노

력해야 한다.

『상심의 집』 서문

Those who do not know how to live must make a merit of dying.

preface of Heartbreak House

4 샷오버 대령: 인간 동물이 자식에게 느끼는 애정의 자연스러운 기한은 6년입니다.

『상심의 집』

THE CAPTAIN: The natural term of the affection of the human animal for its offspring is six years.

Heartbreak House

5 허슈바이이 부인: 사람들의 미덕과 악덕은 반반씩 한 세트가 아니라 뒤죽박죽 뒤섞여 있지요.

『상심의 집』

MRS HUSHABYE: People don't have their virtues and vices in sets: they have them anyhow: all mixed.

Heartbreak House

6 망간: 돈을 다룰 줄 모르는 사람을 파산하게 하는 가장 확실한 방법은 그에게 약간의 돈을 줘보는 것입니다.

『상심의 집』

MANGAN: The surest way to ruin a man who doesn't know how to handle money is to give him some.

Heartbreak House

7 헥터: (홀을 향해 가면서) 불을 켜드릴까요?
샷오버 대령: 아니. 더 어둡게 해주시오. 돈은 환한 데서 생겨나는 게 아니라오.

『상심의 집』

HECTOR: (going out into the hall) Shall I turn up the lights for you?
CAPTAIN SHOTOVER: No. Give me deeper darkness. Money is not made in the light.

Heartbreak House

8 엘리: 우리 여자들이 남자의 성격에 대해 까다롭다면 절대 결혼하지 않을 거예요.

『상심의 집』

ELLIE: If we women were particular about men's characters, we should never get married at all.

Heartbreak House

9 허슈바이이 부인: 진짜로 상처를 주지 않는 어떤 잔인함이 있다면 잔인함도 달콤하게 느껴질 거예요.

『상심의 집』

MRS HUSHABYE: Cruelty would be delicious if one could only find some sort of cruelty that didn't really hurt.

Heartbreak House

10 엘리: 참으로 기이한 감각이에요. 다행히도 우리의 느

끼는 능력을 넘어서는 고통 말이에요. 가슴이 찢어질 때면 마치 배가 불타버리는 것과 같죠. 더 이상 아무것도 중요하지 않게 되고요. 그것은 행복의 끝이자 평화의 시작이죠.

『상심의 집』

ELLIE: It is a curious sensation: the sort of pain that goes mercifully beyond our powers of feeling. When your heart is broken, your boats are burned: nothing matters any more. It is the end of happiness and the beginning of peace.

Heartbreak House

11 엘리: 굉장히 공평한 것 같아요. 그 남자는 내게 한 가지를 바라고, 나는 그에게 다른 것을 바라거든요.

샷오버 대령: 돈 말인가요?

엘리: 네.

샷오버 대령: 말하자면 한 사람이 뺨을 내밀면 다른 한 사람이 거기에 키스를 하는 거군요. 한 사람은 돈을 제공하고, 다른 한 사람은 그걸 쓰는 거죠.

『상심의 집』

ELLIE: It seems to me quite fair. He wants me for one thing: I want him for another.
CAPTAIN SHOTOVER: Money?
ELLIE: Yes.
CAPTAIN SHOTOVER: Well, one turns the cheek: the other kisses it. One provides the cash: the other spends it.

Heartbreak House

12 샷오버 대령: 세상 전부를 얻으면서 자신의 영혼을 잃는 것은 영리한 짓이오. 하지만 잊지 마시오. 당신이 영혼을 지키면 영혼 또한 당신을 지킨다는 것을. 그러나 세상은 당신 손가락 사이로 빠져나가는 법을 알고 있다오.
엘리: 죄송하지만 샷오버 대령님, 저한테 이런 이야기를 하시는 건 아무 소용 없어요. 전 고리타분한 사람들을 싫어하거든요. 고리타분한 사람들은 돈 없이도 영혼을 가질 수 있다고 생각하죠. 심지어 가난할수록 영혼을 더 많이 가질 수 있다고 생각하고요. 하지만 요즘은 젊은 사람들이 더 잘 알아요. 영혼은 지키는 데 돈이 아주 많이 들죠. 자동차보다도 훨씬 많이요.

샷오버 대령: 그런가요? 당신 영혼이 대체 얼마나 많이 먹어 치운다는 거죠?
엘리: 오, 아주 많이요. 영혼은 음악과 그림과 책과 산과 호수, 그리고 아름다운 옷과 멋진 사람들과의 교제를 먹고살죠. 이 나라에서는 돈이 아주 많지 않으면 영혼을 가질 수 없답니다. 우리 영혼이 그토록 배가 고픈 게 바로 그 때문이고요.

『상심의 집』

CAPTAIN SHOTOVER: It's prudent to gain the whole world and lose your own soul. But don't forget that your soul sticks to you if you stick to it; but the world has a way of slipping through your fingers.
ELLIE: I'm sorry, Captain Shotover; but it's no use talking like that to me. Old–fashioned people are no use to me. Old–fashioned people think you can have a soul without money. They think the less money you have, the more soul you have. Young people nowadays know better. A soul is a very expensive thing to keep: much more so than a motor car.
CAPTAIN SHOTOVER: Is it? How much does your

soul eat?
ELLIE: Oh, a lot. It eats music and pictures and books and mountains and lakes and beautiful things to wear and nice people to be with. In this country you can't have them without lots of money: that is why our souls are so horribly starved.

Heartbreak House

13 샷오버 대령: 나이 든 사람들은 위험합니다. 그들은 세상에 무슨 일이 일어날지 전혀 신경 쓰지 않거든요.

『상심의 집』

CAPTAIN SHOTOVER: Old men are dangerous: it doesn't matter to them what is going to happen to the world.

Heartbreak House

14 샷오버 대령: 세상에 대한 관심은 자기 자신에 대한 관심의 여분일 뿐이오. 우리가 어릴 때는 그릇이 아직 가득 차질 않았지요. 그래서 각자 자기 일만 신경 쓰

면 되었소. 하지만 자라면서 그릇에 담긴 것이 넘치기 시작하죠. 사람들은 정치가, 철학자 혹은 탐험가, 모험가가 됩니다. 그러다 노년이 되면 그릇에 담긴 것이 점점 고갈되죠. 이제 여분은 없어지고, 우리는 다시 아이가 되는 겁니다. 나는 당신에게 나의 오래된 지혜에 대한 기억을 들려줄 수 있소. 비록 조각난 단편들과 찌꺼기들일 뿐이지만. 하지만 이제 나는 나 자신의 사소한 바람과 취미 외에는 다른 어떤 것에도 진정으로 관심이 없어요. 그저 여기 앉아서 나의 오래된 생각들을 곱씹으면서 다른 이들을 망가뜨릴 궁리만 할 뿐. 내 딸들과 그들의 남자들은 로맨스와 감상과 속물근성으로 가득한 바보 같은 삶을 살고 있소. 그들보다 더 젊은 당신은 로맨스와 감상과 속물근성 대신 돈과 안락함과 경직된 상식을 택했지요. 나는 태풍이 몰아치는 다리 위에 있을 때나 몇 달 동안 캄캄한 북극의 얼음 위에서 추위와 싸울 때가 지금의 당신이나 예전 그들보다 열 배는 더 행복했소. 당신은 부자 남편을 찾고 있다고 했지요. 당신 나이에 나는 어려움, 위험, 공포, 그리고 죽음을 찾아다녔고, 그럼으로써 내 안에서 삶을 더욱 강렬하게 느낄 수 있었소. 나는 죽음에 대한 공포가 내 삶을 지배하게 놔두지 않았던 거요. 그리고 그 보상으로 내 인생을 살았지요. 그런데 당신은 가난에 대한 공포가 당신의 삶을 지배하게 놔두려하고 있소. 그리하면 당신이 받는 보상은, 먹고는 살겠지만 진정한 삶을 살 수는 없을 거라는 거요.

『상심의 집』

CAPTAIN SHOTOVER: A man's interest in the world is only the overflow from his interest in himself. When you are a child your vessel is not yet full; so you care for nothing but your own affairs. When you grow up, your vessel overflows; and you are a politician, a philosopher, or an explorer and adventurer. In old age the vessel dries up: there is no overflow: you are a child again. I can give you the memories of my ancient wisdom: mere scraps and leavings; but I no longer really care for anything but my own little wants and hobbies. I sit here working out my old ideas as a means of destroying my fellow creatures. I see my daughters and their men living foolish lives of romance and sentiment and snobbery. I see you, the younger generation, turning from their romance and sentiment and snobbery to money and comfort and hard common sense. I was ten times happier on the bridge in the typhoon, or frozen into Arctic ice for months in darkness, than you or they have ever been. You are looking for a rich husband. At your age I looked for hardship, danger, horror, and death, that I might feel the life in me more intensely. I did not let the fear of death govern my life; and my reward was, I had my life. You are going to let the fear of poverty govern your life; and your reward will be that you will eat, but you will not live.

Heartbreak House

15 헥터: 실제 남자한테 질투심을 낭비하지 말아요. 결국엔 우리를 밀어내는 건 상상 속의 영웅이니까.

『상심의 집』

HECTOR: Never waste jealousy on a real man: it is the imaginary hero that supplants us all in the long run.

Heartbreak House

16 샷오버 대령: 분명히 말하지만, 행복이란 아무 쓸모 없는 것이오. 당신은 반쯤 살아 있을 때만 행복할 수 있어요. 나는 나의 한창때보다 반쯤 죽어 있는 지금이 훨씬 행복합니다. 하지만 나의 행복에 축복은 없죠.
엘리: (얼굴이 환해지면서) 축복이 있는 삶이라고요! 그게 바로 내가 원하는 거예요. 이제야 내가 망간 씨와 결혼할 수 없는 진짜 이유를 알 것 같아요. 우리 결혼에는 축복이 없을 것이기 때문이에요. 나의 찢어진 가슴에는 축복이 있죠. 히지온, 당신의 아름다움에도 축복이 있어요. 당신 아버지의 정신에도 축복이 있고요. 심지어 마커스의 거짓말에도 축복이 있죠. 하지만 망간 씨의 돈에는 축복이라곤 없어요.

『상심의 집』

CAPTAIN SHOTOVER: I tell you happiness is no good. You can be happy when you are only half alive. I am happier now I am half dead than ever I was in my prime. But there is no blessing on my happiness.
ELLIE: (her face lighting up) Life with a blessing! that is what I want. Now I know the real reason why I couldn't marry Mr Mangan: there would be no blessing on our marriage. There is a blessing

on my broken heart. There is a blessing on your beauty, Hesione. There is a blessing on your father's spirit. Even on the lies of Marcus there is a blessing; but on Mr Mangan's money there is none.

Heartbreak House

17 망간: 또 시작이군요. 바보 같은 이 집에 온 이후로 나는 줄곧 바보처럼 보였어요. 도시에 있을 때만큼이나 이 집에서도 나는 괜찮은 사람인데 말이죠.
엘리: 맞아요. 바보 같은 이 집, 기이하게 행복한 이 집, 고뇌하는 이 집, 근본 없는 이 집을 나는 '상심의 집'이라고 부를 거예요.

『상심의 집』

MANGAN: There you go again. Ever since I came into this silly house I have been made to look like a fool, though I'm as good a man in this house as in the city.
ELLIE: Yes, this silly house, this strangely happy house, this agonizing house, this house without foundations. I shall call it 'Heartbreak house'.

Heartbreak House

18 백만장자인 언더샤프트를 통해 나는 모두가 너무나 싫어하고 거부하지만 부정할 수 없는 당연한 진실을 지적으로, 정신적으로, 그리고 현실적으로 인식하고 있는 한 인물을 그렸다. 다시 말해 그 진실이란, 세상에서 가장 큰 악이자 최악의 범죄는 가난이며, 다른 모든 고려 사항보다 우선시되어야 하는 우리의 첫 번째 의무는 가난해지지 않는 것이라는 사실이다. "가난하지만 정직한", "존경스러운 가난뱅이" 같은 말들은 "주정뱅이지만 호감이 가는"이라거나 "사기꾼이지만 저녁 식사 후의 좋은 대화 상대" 혹은 "멋진 범죄자"와 같은 말들처럼 용납할 수 없고 비도적적인 표현이다.

『참령 바바라』 서문

In the millionaire Undershaft I have represented a man who has become intellectually and spiritually as well as practically conscious of the irresistible natural truth which we all abhor and repudiate: to wit, that the greatest of evils and the worst of crimes is poverty, and that our first duty—a duty to which every other consideration

> should be sacrificed—is not to be poor. "Poor but honest", "the respectable poor", and such phrases are as intolerable and as immoral as "drunken but amiable", "fraudulent but a good after-dinner speaker", "splendidly criminal", or the like.
>
> *preface of Major Barbara*

19 돈에 대한 보편적인 관심은 우리 문명에서 단 하나의 희망적인 사실이며, 우리의 사회적 양심에서 단 하나의 건전한 부분이다. 돈은 세상에서 가장 중요한 것이다. 돈은 노골적으로, 그리고 명백하게 건강, 힘, 명예, 관대함, 아름다움을 대변하며, 돈의 부족은 질병, 나약함, 불명예, 비열함과 추악함의 이유가 된다. 돈이 분명 고귀한 사람을 더욱 강하고 위엄 있게 만들어주는 것처럼 비천한 사람을 망가뜨리는 것은 돈이 지닌 가장 강력한 힘이다. 돈이 저주가 되는 것은 단지 어떤 이들에게는 무가치한 것으로 경시되고, 또 다른 이들에게는 가질 수 없는 귀한 것이 될 때뿐이다. 한마디로 돈은 삶 자체가 저주가 되는 한심한 사회적 환경 속에서만 저주가 된다. 삶과 돈은 분리될 수 없다. 돈은 삶이 사회적으로 분배될 수 있게 해주는 계산대이며, 금화와 지폐가 돈인 것만큼이나 진짜 삶이기 때문

이다. 모든 시민의 첫 번째 의무는 합리적인 조건으로 돈을 벌겠다고 주장하는 것이다. 그리고 이런 요구는 네 사람에게 10~12시간의 고된 일의 대가로 3실링씩을 주고, 아무것도 하지 않는 한 사람에게 천 파운드를 주어서는 결코 실현되지 않을 것이다.

『참령 바바라』 서문

The universal regard for money is the one hopeful fact in our civilization, the one sound spot in our social conscience. Money is the most important thing in the world. It represents health, strength, honor, generosity and beauty as conspicuously and undeniably as the want of it represents illness, weakness, disgrace, meanness and ugliness. Not the least of its virtues is that it destroys base people as certainly as it fortifies and dignifies noble people. It is only when it is cheapened to worthlessness for some, and made impossibly dear to others, that it becomes a curse. In short, it is a curse only in such foolish social conditions that life itself is a curse. For the two things are inseparable: money is the counter that enables life to be distributed socially: it is life as truly as sovereigns and bank notes are money. The first duty of every citizen is to insist on having money on reasonable terms; and this demand is not complied with by giving four men three shillings each for ten or twelve hours' drudgery and one man a thousand pounds for nothing.

preface of Major Barbara

20 간단히 말해 참령 바바라가 악당은 없다고 한 말은 사실이다. 세상에 절대적인 악당은 없다. 내가 곧 다루려고 하는, 악을 실행하지 못하는 사람들이 있을 뿐이다. 실행할 수 있는 모든 남자들(그리고 여자들)은 잠재적인 악당이자 잠재적인 선한 시민이다. 누가 어떤 사람인가는 그의 성품에 달려 있다. 그러나 그가 무엇을 하고, 우리가 그의 행동에 대해 어떻게 생각하느냐는 그가 처한 상황에 따라 달라진다. 어떤 계층에서 한 사람을 망가뜨리는 특성은 다른 계층에서는 그를 탁월한 사람으로 만든다. 서로 다른 환경에서 각기 다르게 행동하는 인물들이 비슷한 상황에서는 비슷하게 행동한다.

『참령 바바라』 서문

In short, when Major Barbara says that there are no scoundrels, she is right: there are no absolute scoundrels, though there are impracticable people of whom I shall treat presently. Every practicable man (and woman) is a potential scoundrel and a potential good citizen. What a man is depends on his character; but what he does, and what we think of what he does, depends on his circumstances. The characteristics that ruin a man in one class make him eminent in another. The characters that behave differently in different circumstances behave alike in similar circumstances.

preface of Major Barbara

21 절도범의 결점이 금융업자에게는 뛰어난 자질이 된다. 공작의 몸가짐과 습관이 시청 직원에게는 쫓겨날 만한 과실이 된다. 한마디로 성품은 상황과 무관하지만 행위는 그렇지 않다. 어떤 사람에 대한 우리의 도덕적 평가 또한 마찬가지다. 둘 다 정황에 따라 달라진다는 말이다.

『참령 바바라』 서문

The faults of the burglar are the qualities of the financier: the manners and habits of a duke would cost a city clerk his situation. In short, though character is independent of circumstances, conduct is not; and our moral judgments of character are not: both are circumstantial.

preface of Major Barbara

22 성품과 기질의 다양성에도 불구하고 각 집단에 속한 개인들의 행동 양식과 도덕성은 마치 양 떼처럼 예측이 가능하며 대부분 서로 유사하다. 도덕성이란 단지 사회적 습관과 정황적 필요일 뿐이다. 강한 사람들은 이 사실을 알고 그것을 이용한다.

『참령 바바라』 서문

In spite of diversity of character and temperament, the conduct and morals of the individuals in each group are as predicable and as alike in the main as if they were a flock of sheep, morals being mostly only social habits and circumstantial necessities. Strong people know this and count upon it.

preface of Major Barbara

23 인간이 도덕적으로 자연스레 상급, 하급, 중급으로 나누어진다고 믿는 사람은 인간이 사회적으로 자연스레 상중하로 나누어진다고 믿는 사람과 똑같은 실수를 저지르는 것이다.

『참령 바바라』 서문

A man who believes that men are naturally divided into upper and lower and middle classes morally is making exactly the same mistake as the man who believes that they are naturally divided in the same way socially.

preface of Major Barbara

24 인간이 선하게 태어난다는 것을 부인하면서 모든 인간이 자유롭게 태어난다고 선언하는 것은 아무 쓸모없는 일이다. 인간의 선함을 보장하면 자유는 저절로 따라올 것이다.

『참령 바바라』 서문

It is quite useless to declare that all men are born free if you deny that they are born good. Guarantee a man's goodness and his liberty will take care of itself.

preface of Major Barbara

25 언더샤프트: 내 종교? 음, 얘야, 나는 백만장자야. 그게 나의 종교란다.

『참령 바바라』

UNDERSHAFT: My religion? Well, my dear, I am a Millionaire. That is my religion.

Major Barbara

26 언더샤프트: 내 생각엔 말일세 친구, 세월이 갈수록 사는 게 행복하다는 걸 느끼고 싶다면, 먼저 번듯한 삶을 살 만큼 충분한 돈을 벌어야 하고, 자신이 자기 삶의 주인이 될 수 있도록 충분한 힘을 지녀야 한다네.

『참령 바바라』

UNDERSHAFT: I think, my friend, that if you wish

to know, as the long days go, that to live is happy, you must first acquire money enough for a decent life, and power enough to be your own master.

Major Barbara

27 바버라: 두 눈에 육신의 굶주림이 가득한 사람에게 종교를 이야기할 수는 없어요.

『참령 바버라』

BARBARA: I can't talk religion to a man with bodily hunger in his eyes.

Major Barbara

28 브리토마트 부인: 그는 적절한 일을 할 때마다 언제나 부적절한 이유를 대곤 하지.

『참령 바버라』

LADY BRITOMART: He never does a proper thing without giving an improper reason for it.

Major Barbara

29 언더샤프트: 저 애는 아무것도 모르면서 모든 걸 안다고 생각하지. 그런 점은 분명 정치적 진로를 가리키고 있군.

『참령 바바라』

UNDERSHAFT: He knows nothing; and he thinks he knows everything. That points clearly to a political career.

Major Barbara

30 언더샤프트: 너는 뭔가를 배웠잖아. 그럴 때마다 처음에는 뭔가를 잃어버린 것 같은 느낌이 드는 거란다.

『참령 바바라』

UNDERSHAFT: You have learnt something. That always feels at first as if you had lost something.

Major Barbara

31 언더샤프트: 자네는 모든 젊은 남자들처럼 한 젊은 여성과 다른 여성의 차이를 심하게 과장하는군.

『참령 바바라』

UNDERSHAFT: Like all young men, you greatly exaggerate the difference between one young woman and another.

Major Barbara

32 브리토마트 부인: 여자들한테 불공평한 게 바로 그런 거란다. 여자는 아이들을 키워야 하고, 그러려면 아이들을 억눌러야 하고, 아이들이 원하는 걸 거절하고, 아이들에게 과제를 시키고, 아이들이 잘못했을 때 벌을 주고, 온갖 불쾌한 일을 도맡아 해야 하지. 그런데 아이들을 귀여워하면서 응석을 받아주는 것 말고는 아무것도 할 게 없는 아버지가 여자의 일이 모두 끝났을 때 들어와 아이들의 애정을 훔쳐가버리는 거야.

『참령 바바라』

LADY BRITOMART: That is the injustice of a woman's lot. A woman has to bring up her children; and that means to restrain them, to deny them things they want, to set them tasks, to punish them when they do wrong, to do all the unpleasant things. And then the father, who has nothing to do but pet them and spoil them, comes in when all her work is done and steals their affection from her.

Major Barbara

33 쿠진스: 바바라, 난 이 제안을 받아들일 생각이에요.
바바라: 그럴 줄 알았어요.
쿠진스: 내가 당신과 의논하지 않고 결정해야 했다는 걸 당신은 이해할 거예요. 내가 당신에게 선택의 짐을 던져주었더라면, 당신은 아마 그 때문에 조만간 나를 경멸했을 거예요.
바바라: 그럴지도 모르죠. 난 당신이 이 유산 때문에 그러는 것만큼 나 때문에 영혼을 파는 것도 싫어요.
쿠진스: 내가 괴로운 건 영혼을 팔아서가 아니에요. 그동안 영혼을 너무 자주 팔아서 그런 건 신경 쓰지 않아요. 난 교수직 때문에 영혼을 팔았고, 수입 때문에도 영혼을 팔았어요. 나는 사형제도와 부당한 전쟁과 내가 혐오하는 것들에 대한 세금 납부를 거부했고, 그 때문에 감옥에 가는 걸 피하기 위해 영혼을 팔기도 했지요. 따지고 보면 인간의 행위라는 게 사소한 것들 때문에 매일 매시간 영혼을 파는 게 아니면 뭐겠어요? 내가 지금 영혼을 파는 것은 돈이나 지위나 안락함 때문이 아니라 현실과 권력 때문이에요.

바바라: 당신은 아무런 권력도 가질 수 없고, 그건 아빠도 마찬가지라는 걸 알잖아요.
쿠진스: 알아요. 나는 나를 위해 권력을 가지려는 게 아니에요. 세상을 위해 힘을 기르려는 거죠.
바바라: 나도 세상을 위한 힘을 기르고 싶어요. 하지만 그건 정신적인 힘이어야만 해요.
쿠진스: 나는 모든 힘이 정신적인 거라고 생각해요. 이 대포들은 저절로 발사되지 않아요. 나는 그리스어를 가르침으로써 정신적인 힘을 갖추려고 했어요. 그러나 세상은 죽은 언어와 죽은 문명에 아무런 영향을 받지 않더군요. 사람들은 힘을 가질 필요가 있어요. 사람들은 그리스어를 알 수가 없죠. 하지만 이제 여기서 생겨나는 힘은 모든 사람이 사용할 수 있죠.
바바라: 여자들이 사는 집을 불태우고, 그 아들들을 죽이고, 그 남편들을 산산조각 내는 힘 말인가요?
쿠진스: 악을 위한 힘을 갖지 않고는 선을 위한 힘을 가질 수 없어요. 심지어 어머니의 젖은 영웅뿐 아니라 살인자를 키우기도 하니까요. 단지 인간의 육신만을 산산조각 내는 이런 힘은 인간의 영혼을 노예로 만드는 지적인 힘, 상상의 힘 그리고 시적이고 종교적인 힘만큼 끔찍하게 악용된 적이 없어요. 그리스어 선생으로서 나는 지성인들에게 보통 사람들과 상대할 수 있는 무기를 주었죠. 이제 나는 보통 사람들에게 지

성인들을 상대할 수 있는 무기를 주려고 합니다. 나는 보통 사람들을 사랑하거든요. 그래서 그들을 무장시켜 변호사, 의사, 사제, 문학가, 교수, 예술가, 정치인 들과 맞서게 하고 싶어요. 이들은 일단 권력을 잡게 되면 모든 바보와 악당과 사기꾼 중에서 가장 위험하고 나쁜 영향을 끼치는 독재자처럼 행세하기 때문이죠. 나는 지성인들의 과두정치로 하여금 그것의 뛰어난 점을 대중의 복지를 위해 사용하게 하거나, 그렇지 않으면 소멸하게 만들기에 충분한 민주적 권력을 가지고 싶은 거예요.

『참령 바바라』

CUSINS: Barbara, I am going to accept this offer.
BARBARA: I thought you would.
CUSINS: You understand, don't you, that I had to decide without consulting you. If I had thrown the burden of the choice on you, you would sooner or later have despised me for it.
BARBARA: Yes, I did not want you to sell your soul for me any more than for this inheritance.
CUSINS: It is not the sale of my soul that troubles me: I have sold it too often to care about that. I have sold it for a professorship. I have

sold it for an income. I have sold it to escape being imprisoned for refusing to pay taxes for hangmen's ropes and unjust wars and things that I abhor. What is all human conduct but the daily and hourly sale of our souls for trifles? What I am now selling it for is neither money nor position nor comfort, but for reality and for power.
BARBARA: You know that you will have no power, and that he has none.
CUSINS: I know. It is not for myself alone. I want to make power for the world.
BARBARA: I want to make power for the world too; but it must be spiritual power.
CUSINS: I think all power is spiritual: these cannons will not go off by themselves. I have tried to make spiritual power by teaching Greek. But the world can never be really touched by a dead language and a dead civilization. The people must have power; and the people cannot have Greek. Now the power that is made here can be wielded by all men.
BARBARA: Power to burn women's houses down and kill their sons and tear their husbands to

pieces.
CUSINS: You cannot have power for good without having power for evil too. Even mother's milk nourishes murderers as well as heroes. This power which only tears men's bodies to pieces has never been so horribly abused as the intellectual power, the imaginative power, the poetic, religious power that can enslave men's souls. As a teacher of Greek I gave the intellectual man weapons against the common man. I now want to give the common man weapons against the intellectual man. I love the common people. I want to arm them against the lawyer, the doctor, the priest, the literary man, the professor, the artist, and the politician, who, once in authority, are the most dangerous, disastrous, and tyrannical of all the fools, rascals, and impostors. I want a democratic power strong enough to force the intellectual oligarchy to use its genius for the general good or else perish.

Major Barbara

34 리전: 우리가 웃는다고 삶이 진지하기를 그치지 않는 것처럼 사람들이 죽는다고 삶이 더 이상 즐겁지 않은 것은 아니지요.

『의사의 딜레마』

RIDGEON: Life does not cease to be funny when people die any more than it ceases to be serious when people laugh.

The Doctor's Dilemma

35 루이스: 나는 도덕성 같은 것을 믿지 않습니다. 나는 버나드 쇼의 제자입니다.

『의사의 딜레마』

LOUIS: I don't believe in morality. I'm a disciple of Bernard Shaw.

The Doctor's Dilemma

36 월폴: 근본적으로 모든 질병을 위한 진정한 과학적 치료 방법은 한 가지밖에 없습니다. 그것은 식세포를 자극하는 것입니다.

『의사의 딜레마』

WALPOLE: There is at bottom only one genuinely scientific treatment for all diseases, and that is to stimulate the phagocytes.

The Doctor's Dilemma

37 리전: 실험이 필요할 때 기회를 잡아야 하는 것은 언제나 환자입니다. 실험 없이 우린 아무것도 발견할 수 없습니다.

『의사의 딜레마』

RIDGEON: It's always the patient who has to take the chance when an experiment is necessary. And we can find out nothing without experiment.

The Doctor's Dilemma

38 나폴레옹: 영국인은 모든 것을 원칙에 따라 합니다. 그는 애국적 원칙에 따라 당신과 싸우고, 사업적 원칙에 따라 당신 것을 훔치며, 제국의 원칙에 따라 당신을 노예로 삼지요. 또한 남성의 원칙에 따라 당신을

괴롭히고, 충성의 원칙에 따라 자신의 왕을 지지하며, 공화주의자의 원칙에 따라 왕의 목을 자릅니다.

『운명의 남자』

NAPOLEON: An Englishman does everything on principle. He fights you on patriotic principles; he robs you on business principles; he enslaves you on imperial principles; he bullies you on manly principles; he supports his king on loyal principles, and cuts off his king's head on republican principles.

The Man of Destiny

39 차터리스: 나를 훔친다니! (그녀에게 다가간다.) 그레이스, 당신이 진보된 여성이라고 믿고 질문을 하나 하겠소. 명심해요! 진보된 여성인 당신에게 묻는 겁니다. 줄리아가 내 소유입니까? 내가 그녀의 소유자이거나 그녀의 주인인가요?

그레이스: 물론 아니죠. 어떤 여성도 남성의 소유물이 될 수는 없어요. 여성은 그 누구도 아닌 자기 자신의 것이니까요.

차터리스: 옳은 말이오. 입센이여 영원하라! 나도 당

신하고 같은 생각이오. 자, 이제 말해보시오. 내가 줄리아의 소유인지 아니면 나는 나 자신에게만 속할 권리가 있는지?
그레이스: (당황하며) 물론 당신은 당신 것이지요. 하지만…….
차터리스: (의기양양하게 그녀의 말을 가로막으며) 그렇다면 내가 줄리아의 소유가 아닌데 어떻게 당신이 나를 줄리아에게서 훔칠 수가 있겠소?
『바람둥이』

CHARTERIS: Steal me! (Comes towards her.) Grace, I have a question to put to you as an advanced woman. Mind! as an advanced woman. Does Julia belong to me? Am I her owner—her master?
GRACE: Certainly not. No woman is the property of a man. A woman belongs to herself and to nobody else.
CHARTERIS: Quite right. Ibsen for ever! That's exactly my opinion. Now tell me, do I belong to Julia: or have I a right to belong to myself?
GRACE: (puzzled) Of course you have; but—
CHARTERIS: (interrupting her triumphantly) Then how can you steal me from Julia if I don't belong

to her?

The Philanderer

40 차터리스: 이제 난 나의 정당한 권리를 주장하려고 해. 내가 원할 때 당신과 헤어질 수 있는 권리 말이야. 줄리아, 진보적 관점은 진보적 의무를 포함하는 거야. 남자를 자기 발밑에 두고자 하면서 진보적인 여성이 될 수는 없어. 남자의 의지에 반해서 그를 붙들어두려고 하는 건 인습에 얽매인 여자나 하는 짓이야. 진보적인 사람들은 근사한 우정을 맺고, 인습적인 사람들은 결혼을 하지. 결혼은 많은 사람에게 적합한 것이고, 그 첫 번째 의무는 부부간의 정절이지. 반면 우정이 더 잘 어울리는 사람들도 있고, 우정의 첫 번째 의무는 어느 한쪽의 마음이 변하면 불평하지 않고 주저 없이 그 사실을 받아들이는 거야. 당신은 결혼 대신 우정을 택했어. 그러니 이제 당신의 의무를 다하고 자신이 변했다는 걸 받아들여.

『바람둥이』

CHARTERIS: I now assert the right I reserved —the right of breaking with you when I please. Advanced views, Julia, involve advanced duties:

you cannot be an advanced woman when you want to bring a man to your feet, and a conventional woman when you want to hold him there against his will. Advanced people form charming friendships: conventional people marry. Marriage suits a good deal of people; and its first duty is fidelity. Friendship suits some people; and its first duty is unhesitating, uncomplaining acceptance of a notice of a change of feeling from either side. You chose friendship instead of marriage. Now do your duty, and accept your notice.

The Philanderer

41 차터리스: 그럼 내가 어떤 여자에게도 특별한 관심을 보이지 않는다는 걸 알겠군.
실비아: (생각에 잠겨) 있잖아요, 레너드, 나는 당신을 정말로 믿어요. 당신은 한 여자에게 다른 여자보다 더 신경을 쓰진 않죠.
차터리스: 한 여자에게 다른 여자보다 신경을 덜 쓰진 않는다는 말이겠지.
실비아: 그게 더 나빠요. 하지만 내 말은, 당신은 그들

이 여성이라는 사실에 전혀 신경을 쓰지 않는다는 거예요. 당신은 마치 나한테나 다른 누구에게 말하듯 그들에게 이야기하죠. 그게 바로 당신이 여자들에게 인기인 이유이고요. 당신은 여자들이 여성이라는 이유로 대접받는 걸 얼마나 불쾌하게 생각하는지 모를 거예요.

『바람둥이』

CHARTERIS: Then you know that I never pay any special attention to any woman.
SYLVIA: (thoughtfully) Do you know, Leonard, I really believe you. I don't think you care a bit more for one woman than for another.
CHARTERIS: You mean I don't care a bit less for one woman than another.
SYLVIA: That makes it worse. But what I mean is that you never bother about their being only women: you talk to them just as you do to me or any other fellow. That's the secret of your success. You can't think how sick they get of being treated with the respect due to their sex.

The Philanderer

42 그레이스: 오, 레너드, 당신 행복이 정말로 나에게 달려 있나요?
차터리스: (다정하게) 물론이오. (그녀의 얼굴이 기쁨으로 환히 빛난다. 그 광경을 보는 그의 얼굴에 갑작스러운 혐오감이 스친다. 그는 움츠러들며 그녀의 손을 놓고 외친다.) 아, 아니오. 내가 왜 당신한테 거짓말을 해야 하지? (그는 팔짱을 끼고 단호히 덧붙인다.) 나의 행복은 그 누구도 아닌 나 자신에게 달려 있소. 난 당신 없이도 행복할 수 있소.
그레이스: (용기를 내어) 그럼 그렇게 하세요. 진실을 말해줘서 고마워요. 이제 나도 솔직히 이야기할게요.
차터리스: (팔짱을 풀었다가 다시 흠칫 놀라며) 아니, 그러지 말아요. 제발 그러지 말아요. 다른 이들에게 진실을 이야기하는 건 철학자인 내가 해야 할 일이오. 하지만 다른 사람이 내게 그러면 안 돼. 내가 원하지 않소. 진실은 마음을 아프게 하거든.
그레이스: (차분하게) 단지 당신을 사랑한다고 말하려는 것뿐이에요.
차터리스: 오, 그건 철학적 진실이 아니군. 그런 거라면 얼마든지 자주 이야기해도 좋소. (그가 그녀를 품에 안는다.)
그레이스: 그래요, 레너드. 하지만 난 진보적인 여자예요. (그는 하고 싶은 말을 참으면서 약간 놀란 얼굴로 그녀를

바라본다.) 내 아버지가 새로운 여성이라고 부르는 그런 여자죠. (그는 그녀를 놓고 얼굴을 빤히 쳐다본다.) 난 당신의 모든 생각에 전적으로 동의해요.
차터리스: (분개하며) 당신처럼 훌륭한 여자가 새로운 여성을 운운하다니! 부끄러운 줄 알아야 해요.
그레이스: 나 역시 당신의 생각을 아주 진지하게 생각하고 있어요, 당신은 안 그런 것 같지만. 나는 내가 너무 사랑하는 남자하고는 절대 결혼하지 않을 거예요. 결혼을 한다면 그가 나보다 훨씬 유리한 입장에 있게 될 테니까요. 나는 철저하게 그에게 휘둘리게 될 거라고요. 새로운 여성이라면 나처럼 하지 않을까요. 안 그래요, 철학자 선생님?
차터리스: 철학자와 남자의 싸움은 무서운 것이오, 그레이스. 하지만 철학자는 당신이 옳다고 하는군.
그레이스: 나도 내 말이 맞는다는 걸 알아요. 그러니까 우린 헤어져야 해요.
차터리스: 전혀 그렇지 않소. 당신은 다른 남자와 결혼해야 하오. 그러면 내가 찾아가서 당신을 유혹할 거요.
『바람둥이』

GRACE: Oh, Leonard, does your happiness really depend on me?
CHARTERIS: (tenderly) Absolutely. (She beams with

delight. A sudden revulsion comes to him at the sight: he recoils, dropping her hands and crying.) Ah no: why should I lie to you? (He folds his arms and adds firmly.) My happiness depends on nobody but myself. I can do without you.

GRACE: (nerving herself) So you shall. Thank you for the truth. Now I will tell you the truth.

CHARTERIS: (unfolding his arms and again recoiling) No, please. Don't. As a philosopher, it's my business to tell other people the truth; but it's not their business to tell it to me. I don't like it: it hurts.

GRACE: (quietly) It's only that I love you.

CHARTERIS: Ah! that's not a philosophic truth. You may tell me that as often as you like. (He takes her in his arms.)

GRACE: Yes, Leonard; but I'm an advanced woman. (He checks himself and looks at her in some consternation.) I'm what my father calls a *New Woman*. (He lets her go and stares at her.) I quite agree with all your ideas.

CHARTERIS: (scandalized) That's a nice thing for a respectable woman to say! You ought to be

ashamed of yourself.
GRACE: I am quite in earnest about them too, though you are not; and I will never marry a man I love too much. It would give him a terrible advantage over me: I should be utterly in his power. That's what the *New Woman* is like. Isn't she right, Mr. Philosopher?
CHARTERIS: The struggle between the Philosopher and the Man is fearful, Grace. But the Philosopher says you are right.
GRACE: I know I am right. And so we must part.
CHARTERIS: Not at all. You must marry some one else; and then I'll come and philander with you.
The Philanderer

43 군인의 길이 모든 남자에게 당연한 게 아닌 것처럼 집안일도 모든 여성에게 당연한 것이 아니다.
『입센주의의 정수』

The domestic career is no more natural to all women than the military career is natural to all men.

Quintessence of Ibsenism

44 오늘날의 진정한 노예는 선함이라는 이상에 얽매이는 사람이다.

『입센주의의 정수』

The real slavery of today is slavery to ideals of goodness.

Quintessence of Ibsenism

45 오플레이허티: 인류에게서 애국심을 몰아내지 않는 한 평화로운 세상이란 결코 없을 것입니다.

『오플레이허티』

O'FLAHERTY: You'll never have a quiet world till you knock the patriotism out of the human race.

O'Flaherty V.C.

46 우리 사회에 위험한 것은 불신이 아니라 믿음이다.

『안드로클레스와 사자』 서문

It is not disbelief that is dangerous to our society: it is belief.

preface of Androcles and the Lion

47 혁명적 운동은 기존의 제도에 순응하는 사람들뿐만 아니라 순응하지 않는 사람들까지도 끌어당기는 법이다.

『안드로클레스와 사자』 서문

Revolutionary movements attract those who are not good enough for established institutions as well as those who are too good for them.

preface of Androcles and the Lion

48 안드로클레스: 사자가 배가 고프다니 다행이군요. 그 불쌍한 녀석이 고통받기를 바라서 하는 말이 아니라, 배가 고프다면 나를 더 신나게 잡아먹을 테니까요. 모든 일에는 즐거운 면이 있는 법이지요.

『안드로클레스와 사자』

ANDROCLES: I'm glad he's hungry. Not that I want him to suffer, poor chap! but then he'll enjoy eating me so much more. There's a cheerful side to everything.

Androcles and the Lion

49 요점은, 술에 취한 사람이 맑은 정신의 사람보다 행복하지 않은 것처럼 믿는 사람이 회의론자보다 행복한 것은 아니라는 것이다. 쉽게 믿는 데서 오는 행복은 행복의 값싸고 위험한 속성이며 삶에 꼭 필요한 것이 절대 아니다.

『안드로클레스와 사자』 서문

The fact that a believer is happier than a sceptic is no more to the point than the fact that a drunken man is happier than a sober one. The happiness of credulity is a cheap and dangerous quality of happiness, and by no means a necessity of life.

preface of Androcles and the Lion

50 아폴로도로스: 카이사르도 절망을 느낄 때가 있나요?
카이사르: (무한한 자부심과 함께) 무언가를 희망한 적이 없는 사람은 절망할 일도 결코 없지요. 나, 카이사르는

좋은 운이든 나쁜 운이든 언제나 자신의 운명을 똑바로 바라봅니다.

『카이사르와 클레오파트라』

APOLLODORUS: Does Caesar despair?
CAESAR: (with infinite pride) He who has never hoped can never despair. Caesar, in good or bad fortune, looks his fate in the face.

Caesar and Cleopatra

51 그는 성공의 진정한 순간은 군중의 눈에 보이지 않는다는 것을 알고 있다.

『카이사르와 클레오파트라』 에필로그

He knows that the real moment of success is not the moment apparent to the crowd.

notes to Caesar and Cleopatra

52 키건: 내가 농담하는 방식은 진실을 말하는 겁니다. 그게 세상에서 가장 우스운 농담이거든요.

『존 불의 다른 섬』

KEEGAN: My way of joking is to tell the truth. It's the funniest joke in the world.

John Bull's Other Island

53 브로드벤트: 첫사랑이란 약간의 바보짓과 커다란 호기심이 합쳐진 것일 뿐이죠.

『존 불의 다른 섬』

BRODBENT: First love is only a little foolishness and a lot of curiosity.

John Bull's Other Island

54 키건: 사악한 4세기 동안 세상은 효율성이라는 어리석은 꿈을 꾸어왔지요. 그리고 아직은 아니지만 언젠가는 그 꿈의 종말이 오고야 말 것입니다.

『존 불의 다른 섬』

KEEGAN: For four wicked centuries the world has dreamed this foolish dream of efficiency; and the end is not yet. But the end will come.

John Bull's Other Island

55 자유로 인해 어떤 정신적인 혹은 신체적인 위험을 겪게 되든 간에, 자유에 대한 우리의 권리는 위험을 감수할 권리를 포함한다. 언제든지 비행사처럼 자신의 목숨을 걸지 못하거나 이교도처럼 자신의 영혼을 걸지 못하는 사람은 결코 자유롭다고 할 수 없다. 또한 자유에 대한 권리는 스물한 살이 아니라 태어나고 21초가 지났을 때부터 생겨난다.

『부적절한 결혼』 서문

But whether the risks to which liberty exposes us are moral or physical our right to liberty involves the right to run them. A man who is not free to risk his neck as an aviator or his soul as a heretic is not free at all; and the right to liberty begins, not at the age of 21 years but of 21 seconds.

preface of Misalliance

56 하이페이시아: 나는 겉보기에만 그럴듯한 것들에 진저리가 나요. 체면과 예의범절 따위 말이에요. 여자가 아무것도 할 일이 없을 때, 돈과 체면은 그녀에게 어떤 일도 일어나는 게 절대 허용되지 않는다는 걸 의미하죠. 나는 착한 사람도 나쁜 사람도 되고 싶지 않아

요. 착하니 나쁘니 따위에 신경 쓰고 싶지 않다고요. 나는 능동사이고 싶어요.
서머헤이즈 경: 능동사? 오, 알겠어요. 능동사란 무언가로 존재하는 것, 무언가를 하는 것 혹은 고통받는 걸 의미하죠.
하이페이시아: 그래요. 정말 똑똑하시군요! 난 어떤 존재이고 싶고, 무언가를 하고 싶어요. 그리고 그 대가로 기꺼이 고통받을 수 있어요. 하지만 여기서 아무것도 하지 않고 빈둥거리면서 숙녀처럼 착하고 멋있게만 살아가는 건 내가 원하는 게 아니라고요.
『부적절한 결혼』

> HYPATIA: I'm fed up with nice things, with respectability, with propriety! When a woman has nothing to do, money and respectability mean that nothing is ever allowed to happen to her. I don't want to be good; and I don't want to be bad: I just don't want to be bothered about either good or bad: I want to be an active verb.
> LORD SUMMERHAYS: An active verb? Oh, I see. An active verb signifies to be, to do, or to suffer.
> HYPATIA: Just so, how clever of you! I want to be; I want to do; and I'm game to suffer if it costs that.

But stick here doing nothing but being good and nice and ladylike I simply won't.

Misalliance

57 불행해지는 비결은 자신이 행복한지 아닌지를 고민할 여유를 가지는 것이다. 이를 치유하려면 일을 해야 한다. 일을 한다는 것은 무언가에 몰두함을 의미한다. 몰두하는 사람은 행복하지도 불행하지도 않으며 단지 활동적으로 살아 있는 것뿐이다. 그런 상태가 지겨워지기 전까지 이는 어떤 행복보다 훨씬 즐겁다.

『부적절한 결혼』 서문

The secret of being miserable is to have leisure to bother about whether you are happy or not. The cure for it is occupation, because occupation means preoccupation; and the preoccupied person is neither happy nor unhappy, but simply alive and active, which is pleasanter than any happiness until you are tired of it.

preface of Misalliance

58 천재란 남들보다 멀리 보고 깊게 살피며 다른 이들의 그것과는 구별되는 윤리적 가치판단 능력을 지닌 사람이다. 또한 남다른 비전과 그것에 대한 가치판단(어떤 방식으로든 그 또는 그녀의 특별한 재능과 잘 어울리는)을 실행에 옮길 수 있는 충분한 에너지를 지닌 사람을 가리킨다.

『성녀 잔 다르크』 서문

A genius is a person who, seeing farther and probing deeper than other people, has a different set of ethical valuations from theirs, and has energy enough to give effect to this extra vision and its valuations in whatever manner best suits his or her specific talents.

preface of Saint Joan

59 워릭: 정치적 필요성은 때로 정치적 실수인 것으로 드러나곤 하지요.

『성녀 잔 다르크』

WARWICK: Political necessities sometimes turn out to be political mistakes.

Saint Joan

60 대주교: 친구여, 기적이란 신념을 창조하는 사건이에요. 그것이 기적의 목적이자 본질이지요. 기적은 그것을 목격하는 사람들에게는 굉장해 보이고, 그것을 행하는 사람들에게는 아주 단순하게 느껴질지도 몰라요. 사실 아무래도 상관없어요. 기적이 신념을 확인하게 하든 혹은 창조하든 그것은 진정한 기적이니까요.
『성녀 잔 다르크』

THE ARCHBISHOP: A miracle, my friend, is an event which creates faith. That is the purpose and nature of miracles. They may seem very wonderful to the people who witness them, and very simple to those who perform them. That does not matter: if they confirm or create faith they are true miracles.
Saint Joan

61 코숀: 상상력이라고는 전혀 없는 사람들을 구하기 위해 그리스도께서 새로운 시대마다 고통 속에서 죽어

야 하는 건가요?

『성녀 잔 다르크』

CAUCHON: Must then a Christ perish in torment in every age to save those that have no imagination?

Saint Joan

62 세르지우스: 친애하는 부인, 군인으로 싸운다는 것은 강할 때는 무자비하게 공격하고 약할 때는 위험을 피하는 겁쟁이의 기술입니다. 그것이 바로 성공적인 전투의 가장 중요한 비결이죠. 적을 불리한 상황에 처하게 하고, 결코, 어떤 경우에도 평등한 조건에서 싸우지 않는 것입니다.

『무기와 인간』

SERGIUS: Soldiering, my dear madam, is the coward's art of attacking mercilessly when you are strong, and keeping out of harm's way when you are weak. That is the whole secret of successful fighting. Get your enemy at a disadvantage; and never, on any account, fight him on equal terms.

Arms and the Man

63 남자: 권총집과 탄약통을 보면 노련한 군인인지 아닌지 알 수 있지요. 미숙한 군인은 권총과 탄약을 넣고 다니지만 노련한 군인은 먹을 걸 넣고 다니거든요.

『무기와 인간』

MAN: You can always tell an old soldier by the inside of his holsters and cartridge boxes. The young ones carry pistols and cartridges; the old ones, grub.

Arms and the Man

64 모든 별에는 각자의 궤도가 있다. 한 별과 가장 가까운 다른 별 사이에는 강력한 인력이 작용하며, 그들은 서로 엄청나게 멀리 떨어져 있다. 그러다 거리보다 인력이 더 강해지면, 두 별은 서로를 포옹하는 게 아니라 서로 충돌하면서 산산조각 나고 만다.

『사과 수레』 서문

Every star has its own orbit; and between it and

its nearest neighbor there is not only a powerful attraction but an infinite distance. When the attraction becomes stronger than the distance the two do not embrace: they crash together in ruin.

preface of The Apple Cart

65 매그너스: 나는 유혹에 저항해본 적이 없습니다. 내가 나쁜 것에는 이끌리지 않는다는 것을 깨달았거든요.

『사과 수레』

MAGNUS: I never resist temptation, because I have found that things that are bad for me do not tempt me.

The Apple Cart

66 에이드리언: 어째서 스스로 즐길 줄 아는 사람은 돈이 없고, 돈이 많은 사람은 스스로 즐길 줄을 모르는 걸까요?

『백만장자 여성』

ADRIAN: Why is it that the people who know how

to enjoy themselves never have any money, and the people who have money never know how to enjoy themselves?

The Millionairess

67 앤더슨: 얘야, 위험을 두려워하는 사람에게는 언제나 위험이 존재하는 법이란다. 밤중에 집에 불이 날 위험도 있지. 하지만 그 때문에 우리가 잠을 깊이 못 자는 것은 아니잖니.

『악마의 제자』

ANDERSON: My dear, in this world there is always danger for those who are afraid of it. There's a danger that the house will catch fire in the night; but we shan't sleep any the less soundly for that.

The Devil's Disciple

68 앤더슨: 우리가 동료 인간들에게 짓는 가장 큰 죄는 그들을 싫어하는 게 아니라 그들에게 무관심한 거야. 그것이 비인간성의 본질이야.

『악마의 제자』

ANDERSON: The worst sin towards our fellow creatures is not to hate them, but to be indifferent to them: that's the essence of inhumanity.

The Devil's Disciple

69 스윈던: 역사가 뭐라고 이야기할까요?
버고인: 역사는 말이죠, 언제나처럼 거짓말을 할 겁니다.

『악마의 제자』

SWINDON: What will history say?
BURGOYNE: History, sir, will tell lies as usual.

The Devil's Disciple

70 인생의 진정한 기쁨은 이런 것들이 아닐까요. 스스로 매우 중요하다고 여기는 어떤 목적을 위해 사용되는 것. 폐기장으로 내던져지기 전에 철저히 닳아 없어지는 것. 세상이 자신을 행복하게 해주지 않을 거라고 불평하며 고통과 불만을 토로하는 불안하고 이기적이고 하찮은 사람이 되는 대신 자연의 어떤 힘 같은 존재가 되는 것.

『인간과 초인』 서문

This is the true joy in life: the being used for a purpose recognized by yourself as a mighty one; the being thoroughly worn out before you are thrown on the scrapheap; the being a force of nature, instead of a feverish, selfish little clod of ailments and grievances, complaining that the world will not devote itself to making you happy.

preface of Man and Superman

71 문명사회는 하나의 거대한 부르주아 계층과도 같다. 이제 어떤 귀족도 감히 자기 채소 장수의 신경을 거스를 엄두를 내지 못한다.

『인간과 초인』 서문

Civilized society is one huge bourgeoisie: no nobleman dares now shock his greengrocer.

preface of Man and Superman

72 옥타비어스: 오, 잭, 내 최고의 행복에서 나를 구하려

했다니.
태너: 그래, 평생의 행복에서 자네를 구하려 했지. 그것이 단 30분에 불과한 행복이라면, 테이비, 난 내 마지막 남은 한 푼까지 털어서 자네에게 그걸 사줄 거야. 하지만 평생의 행복이라니! 그런 걸 견딜 수 있는 사람은 아무도 없어. 그건 곧 생지옥을 의미하는 것일 테니까.

『인간과 초인』

> OCTAVIUS: Oh, Jack, you talk of saving me from my highest happiness.
> TANNER: Yes, a lifetime of happiness. If it were only the first half hour's happiness, Tavy, I would buy it for you with my last penny. But a lifetime of happiness! No man alive could bear it: it would be hell on earth.
>
> *Man and Superman*

73 태너: 우리는 수치가 팽배한 가운데 살고 있습니다. 우리는 우리 자신에 관한 현실적인 모든 것을 부끄러워합니다. 우리 자신, 우리 친척, 우리 수입, 우리 말투, 우리 견해, 그리고 우리의 경험에 대해 부끄러워합

니다. 우리의 벌거벗은 몸을 부끄럽게 생각하듯 말이죠. 맙소사, 친애하는 램즈던 선생님, 우리는 걷는 것을 부끄러워하고, 승합마차 타는 것을 부끄러워하고, 마차를 소유하는 대신 이륜마차를 빌리는 것을 부끄러워하고, 말 두 필이 아닌 한 필을 가진 것을 부끄러워하고, 마부와 하인 대신 마부 겸 정원사를 두는 것을 부끄럽게 생각합니다. 우린 부끄러운 게 많을수록 더 존경받는 사람이 되지요. 그런데 선생님은 제 책을 사서 읽는 것을 부끄러워하시는군요. 선생님께서 유일하게 부끄러워하지 않는 것은 제 책을 읽지 않고 저를 평가하는 것이네요. 그 말은 결국 자신이 이단적 견해를 갖는 것을 부끄러워한다는 말이고요.

『인간과 초인』

TANNER: We live in an atmosphere of shame. We are ashamed of everything that is real about us; ashamed of ourselves, of our relatives, of our incomes, of our accents, of our opinions, of our experience, just as we are ashamed of our naked skins. Good Lord, my dear Ramsden, we are ashamed to walk, ashamed to ride in an omnibus, ashamed to hire a hansom instead of keeping a carriage, ashamed of keeping one horse instead of two and a groom–gardener instead of a coachman and footman. The more things a man is ashamed of, the more respectable he is. Why, you're ashamed to buy my book, ashamed to read it: the only thing you're not ashamed of is to judge me for it without having read it; and even that only means that you're ashamed to have heterodox opinions.

Man and Superman

74 화이트필드 부인: 세상 사람들은 언제나 책임을 다른 사람들에게 떠넘기는 것 같아요.

『인간과 초인』

MRS WHITEFIELD: It seems to me that people are always putting things on other people in this world.

Man and Superman

75 태너: 테이비, 그게 바로 여성의 매력이 지닌 악마 같은 면이야. 그녀는 자네를 스스로 파멸하게 만들 거야.

옥타비어스: 그건 파멸이 아니라 성취가 아닐까.
태너: 그래, 그녀의 목적을 이루는 거지. 그리고 그 목적은 그녀의 행복이나 자네의 행복이 아닌 대자연의 행복이고. 여성의 활력은 창조를 위한 맹목적인 격렬함이야. 그녀는 그것을 위해 스스로를 희생하는 거라고. 그녀가 자네마저 희생시키는 걸 머뭇거릴 거라고 생각하나?
옥타비어스: 아마도. 그녀가 자신을 희생하는 건 자신이 사랑하는 사람들을 희생시키지 않기 위해서일 테니까.
태너: 그거야말로 가장 큰 오해야, 테이비. 다른 이들을 가장 무모하게 희생시키는 건 스스로를 희생하는 여자들이야. 왜냐하면 그들은 사심이 없기 때문에 작은 일에도 친절하지. 또한 그들은 자신의 목적이 아닌 온 우주의 목적을 위해 행동해. 그들에게 남자는 그런 목적을 위한 도구에 불과하단 말이지.
『인간과 초인』

TANNER: Tavy, that's the devilish side of a woman's fascination: she makes you will your own destruction.
OCTAVIUS: But it's not destruction: it's fulfilment.
TANNER: Yes, of *her* purpose; and that purpose

is neither her happiness nor yours, but Nature's. Vitality in a woman is a blind fury of creation. She sacrifices herself to it: do you think she will hesitate to sacrifice you?
OCTAVIUS: Why, it is just because she is self–sacrificing that she will not sacrifice those she loves.
TANNER: That is the profoundest of mistakes, Tavy. It is the self–sacrificing women that sacrifice others most recklessly. Because they are unselfish, they are kind in little things. Because they have a purpose which is not their own purpose, but that of the whole universe, a man is nothing to them but an instrument of that purpose.

Man and Superman

76 태너: 진정한 예술가는 아내를 굶기고, 자식들을 맨발로 다니게 하고, 일흔 살 노모에게 생계를 위한 힘든 일을 시키면서 자신은 예술 말고는 어떤 일도 하지 않지. 여자들에게 예술가는 반은 생체해부자이고 반은 흡혈귀 같은 존재야. 그는 여자들과 친밀한 관계를 맺

어서 그들을 연구하고, 그들에게서 관습의 가면을 벗겨내 그들 마음속 깊은 곳의 비밀을 캐내려고 하지. 왜냐하면 여성은 그의 가장 내밀한 창조력을 일깨우는 힘을 지니고 있어서 차가운 이성으로부터 그를 구원하고, 그가 어떤 비전을 보고 꿈을 꾸게 하며, 그에게 영감을 불러일으키기 때문이야. 그러니까 그는 여성으로 하여금 그녀 자신의 목적을 위해 그러는 거라고 믿게 하지만 사실은 그의 목적을 위해 그녀를 이용하는 거란 말이지.

『인간과 초인』

TANNER: The true artist will let his wife starve, his children go barefoot, his mother drudge for his living at seventy, sooner than work at anything but his art. To women he is half vivisector, half vampire. He gets into intimate relations with them to study them, to strip the mask of convention from them, to surprise their inmost secrets, knowing that they have the power to rouse his deepest creative energies, to rescue him from his cold reason, to make him see visions and dream dreams, to inspire him, as he calls it. He persuades women that they may do this for their own purpose whilst he really means them to do it for his.

Man and Superman

77 태너: 명심하게 테이비, 예술가가 하는 일은 있는 그대로의 우리 모습을 보여주는 거야. 우리의 사고思考란 이처럼 스스로를 알아가는 것에 불과해. 그리고 이러한 앎에 조금이라도 보탬이 되는 사람은 여성이 새로운 인간을 창조하는 것만큼이나 확실하게 새로운 정신을 창조해내지. 이처럼 맹렬한 창조에 있어서 그는 여성처럼 가차 없고, 그녀가 그에게 위험한 만큼 그녀에게 위험하며, 그녀만큼 지독하게 매력적이지. 인간의 모든 투쟁 가운데서 남성 예술가와 어머니 여성 사이의 투쟁만큼 기만적이고 무자비한 것이 없다네. 어느 쪽이 다른 한쪽을 고갈시키느냐, 그것이 둘 사이의 쟁점인 것이지. 자네가 즐겨 쓰는 낭만주의자의 은어로 말하자면, 둘은 서로를 사랑하기 때문에 그 투쟁이 더욱더 치명적이 되는 것이라네.

『인간과 초인』

TANNER: For mark you, Tavy, the artist's work is to shew us ourselves as we really are. Our minds are nothing but this knowledge of ourselves; and he who adds a jot to such knowledge creates new mind as surely as any woman creates new men. In the rage of that creation he is as ruthless as the woman, as dangerous to her as she to him, and as horribly fascinating. Of all human struggles there is none so treacherous and remorseless as the struggle between the artist man and the mother woman. Which shall use up the other? that is the issue between them. And it is all the deadlier because, in your romanticist cant, they love one another.

Man and Superman

78 태너: 오, 그 호랑이가 자네를 좋아할 거야. 음식물에 대한 사랑보다 진실한 사랑은 없거든. 아마도 앤도 그런 식으로 자네를 사랑하는 걸 거야. 적당히 설익은 고깃점인 양 자네 뺨을 어루만진 걸 보면 말이지.

『인간과 초인』

TANNER: Oh, the tiger will love you. There is no love sincerer than the love of food. I think Ann loves you that way: she patted your cheek as if it were a nicely underdone chop.

Man and Superman

79 태너: 친애하는 테이비, 자네에게는 세상을 특별히 자신의 인격 강화를 위해 만들어진 도덕 단련장쯤으로 여기는 경건한 영국식 습관이 있는 것 같군. 그 때문에 때로 다른 이들의 필요에 대해 생각해야 할 때도 자신의 황당한 원칙을 고려하고 말이지.

『인간과 초인』

TANNER: My dear Tavy, your pious English habit of regarding the world as a moral gymnasium built expressly to strengthen your character in, occasionally leads you to think about your own confounded principles when you should be thinking about other people's necessities.

Man and Superman

80 앤: 당신은 더 이상 어린아이로 취급받기를 원하지 않았죠. 가엾은 잭!

태너: 그래요, 어린아이 취급을 받는다는 것은 예전의 나로 취급받는다는 거니까요. 나는 새사람이 되었어요. 그런데 예전의 나를 알던 사람들은 그런 나를 비웃었죠. 현명하게 처신한 사람은 내 재단사뿐이었어요. 그는 나를 볼 때마다 내 치수를 다시 쟀어요. 하지만 다른 사람들은 모두 예전 치수를 고집하면서 그게 내 몸에 맞을 거라고 생각했죠.

『인간과 초인』

ANN: You hated to be treated as a boy any longer. Poor Jack!

TANNER: Yes, because to be treated as a boy was to be taken on the old footing. I had become a new person; and those who knew the old person laughed at me. The only man who behaved sensibly was my tailor: he took my measure anew every time he saw me, whilst all the rest went on with their old measurements and expected them to fit me.

Man and Superman

81 앤: 하지만 잭, 조금이라도 다른 사람들을 고려하지

않고는 인생을 살아갈 수 없어요.
태너: 그럴지도 모르죠. 하지만 어떤 다른 사람들 말인가요? 다른 사람들을 고려하거나, 고려한다는 명목으로 이처럼 비겁하게 그들을 두려워하다 보면 우린 감상적인 노예가 되고 말아요. 당신 말처럼 당신을 고려한다는 것은 내 의지를 당신의 의지로 바꾼다는 걸 의미해요. 그런데 당신의 의지가 내 의지보다 하찮은 것이라면 그때는 어떻게 하죠?
『인간과 초인』

> ANN: But, Jack, you cannot get through life without considering other people a little.
> TANNER: Ay; but what other people? It is this consideration of other people or rather this cowardly fear of them which we call consideration that makes us the sentimental slaves we are. To consider you, as you call it, is to substitute your will for my own. How if it be a baser will than mine?
>
> *Man and Superman*

82 앤: 사람은 너무 착해서가 아니라 너무 영리해서 일을

더 많이 그르친다고 생각해요.

『인간과 초인』

ANN: I think men make more mistakes by being too clever than by being too good.

Man and Superman

83 스트레이커: 저분 말씀엔 신경 쓰지 마세요, 로빈슨 씨. 저분은 이야기하는 걸 좋아하죠. 우린 저분을 잘 알잖아요?
옥타비어스: (진지하게) 하지만 그가 말하는 것의 저변에는 엄청난 진리가 깔려 있다네. 나는 노동의 존엄성을 아주 강력하게 믿고 있네.
스트레이커: (대수롭지 않다는 듯) 그건 선생님께서 노동을 해본 적이 없기 때문이지요. 저는 노동을 없애는 일을 합니다. 선생님은 스무 명의 노동자보다 저와 기계 한 대에서 더 많은 것을 얻어내실 겁니다. 게다가 저는 그들보다 술도 덜 마시고요.

『인간과 초인』

STRAKER: Never you mind him, Mr Robinson. He likes to talk. We know him, don't we?

OCTAVIUS: (earnestly) But there's a great truth at the bottom of what he says. I believe most intensely in the dignity of labor.
STRAKER: (unimpressed) That's because you never done any Mr Robinson. My business is to do away with labor. You'll get more out of me and a machine than you will out of twenty laborers, and not so much to drink either.

Man and Superman

84 태너: 이건 아주 중대한 사회현상이야.
옥타비어스: 뭐가 말인가?
태너: 스트레이커 말이야. 문학을 하고 교양을 갖춘 우리는 오랫동안 새로운 여성의 출현을 목청 높여 외쳐 댔어. 유난히 고루한 여성을 만날 때마다 말이지. 그러면서 새로운 남성의 도래는 주목하지 못했지. 스트레이커는 새로운 남성이야.

『인간과 초인』

TANNER: That's a very momentous social phenomenon.
OCTAVIUS: What is?

TANNER: Straker is. Here have we literary and cultured persons been for years setting up a cry of the *New Woman* whenever some unusually old fashioned female came along; and never noticing the advent of the *New Man*. Straker's the *New Man*.

Man and Superman

85 태너: 가능한 한 빨리 결혼하는 게 여자의 일이고, 되도록 오래 미혼 상태로 있는 게 남자의 일이지.

『인간과 초인』

TANNER: It is a woman's business to get married as soon as possible, and a man's to keep unmarried as long as he can.

Man and Superman

86 옥타비어스: 나는 영감 없이는 글을 쓸 수 없어. 그리고 내게 영감을 줄 수 있는 사람은 앤 말고는 아무도 없어.

태너: 그럼 안전한 거리를 두고 그녀에게서 영감을 얻는 게 낫지 않을까? 페트라르카가 라우라에게서, 단테

가 베아트리체에게서 본 것은 지금 자네가 앤에게서 보는 것의 반도 되지 않았어. 하지만 그들은 최고의 시를 썼지. 적어도 그렇다고 들었네. 그들은 결코 자신들의 숭배를 가정적인 친근함이라는 시험에 노출시키지 않았어. 그래서 그들의 숭배는 무덤까지 이어졌지. 앤과 결혼해보게. 일주일이면 자네는 더 이상 머핀 한 접시에서 발견하는 것 이상의 영감을 발견하지 못할 거야.

옥타비어스: 내가 그녀에게 싫증을 낼 거라고 생각하는군.

태너: 천만에. 머핀에 싫증이 나지는 않지. 하지만 머핀에서 영감을 발견하진 못할 거야. 그녀가 더 이상 시인의 꿈이 아니라 튼튼한 드럼통 같은 아내가 된다면 자네는 그녀에게서 영감을 찾지 못할 거라고. 그럼 어쩔 수 없이 다른 누군가에 대해 꿈꾸게 되겠지. 그러면 소동이 일어날 거고 말이지.

『인간과 초인』

OCTAVIUS: I cannot write without inspiration. And nobody can give me that except Ann.

TANNER: Well, hadn't you better get it from her at a safe distance? Petrarch didn't see half as much of Laura, nor Dante of Beatrice, as you see of Ann

now; and yet they wrote firstrate poetry—at least so I'm told. They never exposed their idolatry to the test of domestic familiarity; and it lasted them to their graves. Marry Ann and at the end of a week you'll find no more inspiration than in a plate of muffins.
OCTAVIUS: You think I shall tire of her.
TANNER: Not at all: you don't get tired of muffins. But you don't find inspiration in them; and you won't in her when she ceases to be a poet's dream and becomes a solid eleven stone wife. You'll be forced to dream about somebody else; and then there will be a row.

Man and Superman

87 앤: 알다시피 어머니들은 얼마나 소심한지 몰라요. 소심한 여자들은 모두가 보수적이죠. 우린 보수적이어야 해요, 잭. 그렇지 않으면 아주 지독하고 비열하게 오해받거든요. 남자인 당신조차도 자기가 생각하는 걸 말하면 오해받고 욕을 먹잖아요.

『인간과 초인』

ANN: You know how timid mother is. All timid women are conventional: we must be conventional, Jack, or we are so cruelly, so vilely misunderstood. Even you, who are a man, cannot say what you think without being misunderstood and vilified.

Man and Superman

88 태너: 자연의 목소리가 선포하는 것은 딸은 아버지가, 아들은 어머니가 돌보라는 거예요. 부자간과 모녀간의 법칙은 사랑에 근거한 법칙이 아니에요. 그것은 혁명의 법칙이고 해방의 법칙이며, 늙고 노쇠한 늙은이가 능력 있는 젊은이로 최종 교체되는 법칙이에요. 말하자면 성인 남녀의 첫 번째 의무는 독립 선언인 거죠. 자기 아버지의 권위를 옹호하는 남자는 남자가 아니고, 자기 어머니의 권위를 옹호하는 여자는 자유인에게 시민을 낳아줄 수 없어요.

『인간과 초인』

TANNER: The voice of nature proclaims for the daughter a father's care and for the son a mother's. The law for father and son and mother and daughter is not the law of love: it is the law of revolution, of emancipation, of final supersession of the old and worn–out by the young and capable. I tell you, the first duty of manhood and womanhood is a Declaration of Independence: the man who pleads his father's authority is no man: the woman who pleads her mother's authority is unfit to bear citizens to a free people.

Man and Superman

89 바이올렛: 헥터, 사랑에 관해서는 마음껏 낭만적이어도 되지만, 돈에 관해서는 낭만적이어서는 안 돼요.

『인간과 초인』

VIOLET: You can be as romantic as you please about love, Hector; but you mustn't be romantic about money.

Man and Superman

90 멘도자: 나는 산적이오. 부자들의 것을 빼앗아 먹고 살지.

태너: (재빨리) 나는 신사요. 가난한 사람들을 등쳐서 먹고살죠. 우리 악수합시다.
『인간과 초인』

MENDOZA: I am a brigand. I live by robbing the rich.
TANNER: (promptly) I am a gentleman. I live by robbing the poor. Shake hands.
Man and Superman

91 스트레이커: 당신은 대체 누구요?
뒤발: 뒤발입니다. 사회민주주의자죠.
스트레이커: 오, 당신이 사회민주주의자라고요?
무정부주의자: 저자는 지금 의회의 협잡꾼들과 부르주아들에게 자신을 팔아먹었다는 말을 하는 거요. 타협! 그게 그의 신념이라오.
『인간과 초인』

STRAKER: Who are you, pray?
DUVAL: Duval. Social–Democrat.
STRAKER: Oh, you're a Social–Democrat, are you?
THE ANARCHIST: He means that he has sold

out to the parliamentary humbugs and the bourgeoisie. Compromise! that is his faith.

Man and Superman

92 멘도자: 철학자와 정직한 사람에게만 국한된 운동은 결코 진정한 정치적 영향력을 발휘할 수 없어요. 그런 사람들은 극소수니까. 어떤 운동이 산적에게까지 퍼져나갈 수 있음을 스스로 입증해 보일 때까지는 절대 정치적 다수를 기대할 수 없는 겁니다.

『인간과 초인』

MENDOZA: A movement which is confined to philosophers and honest men can never exercise any real political influence: there are too few of them. Until a movement shows itself capable of spreading among brigands, it can never hope for a political majority.

Man and Superman

93 태너: 그런데 당신네 산적들이 보통 시민들보다 덜 정직한가요?

멘도자: 선생, 솔직히 말하리다. 산적 행위는 비정상적인 것이오. 비정상적인 직업은 대개 두 부류의 사람들을 끌어당기죠. 보통의 부르주아적 삶을 충분히 누리지 못하는 사람들과 그것을 지나치게 누리는 사람들 말이오. 우리는 찌꺼기이자 거품이오. 찌꺼기는 아주 더럽지만 거품은 아주 고급이지.
스트레이커: 조심해요! 찌꺼기들이 듣겠어요.
멘도자: 상관없소. 산적들은 각자 자신이 거품이라고 생각하면서 다른 사람들이 찌꺼기라고 불리는 걸 듣기 좋아하니까.
『인간과 초인』

TANNER: But are your brigands any less honest than ordinary citizens?
MENDOZA: Sir: I will be frank with you. Brigandage is abnormal. Abnormal professions attract two classes: those who are not good enough for ordinary bourgeois life and those who are too good for it. We are dregs and scum, sir: the dregs very filthy, the scum very superior.
STRAKER: Take care! some o the dregs'll hear you.
MENDOZA: It does not matter: each brigand

thinks himself scum, and likes to hear the others called dregs.

Man and Superman

94 노파: 난 지금 여기 지옥에 와 있어요. 당신은 내가 지옥에서 의무에 대한 대가를 치르는 거라고 했죠. 천국에는 정의란 게 있나요?
돈 후안: 아뇨. 하지만 지옥에는 정의가 존재합니다. 천국은 인간의 무익한 개성을 초월하는 곳이죠. 부인은 지옥에서 환영받을 겁니다. 지옥은 명예, 의무, 정의, 그리고 나머지 치명적인 일곱 가지 미덕의 본산입니다. 지상의 모든 사악함은 이런 것들의 이름으로 행해지죠. 그러니 인간이 지옥이 아닌 어디에서 그 대가를 치르겠어요? 진정으로 저주받은 자들은 지옥에서 행복한 자들이라고 내가 얘기하지 않았던가요?

『인간과 초인』

THE OLD WOMAN: I am here: in hell, you tell me that is the reward of duty. Is there justice in heaven?
DON JUAN: No, but there is justice in hell: heaven is far above such idle human personalities. You

will be welcome in hell, Señora. Hell is the home of honor, duty, justice, and the rest of the seven deadly virtues. All the wickedness on earth is done in their name: where else but in hell should they have their reward? Have I not told you that the truly damned are those who are happy in hell?

Man and Superman

95 돈 후안: 어쩌면 지옥에서 당신에게 위안이 되는 게 있을지도 몰라요. 이를테면 이런 거죠. 시간의 세계에서 영원으로 옮겨졌을 때 부인 나이가 몇이었습니까?
노파: 마치 과거의 일처럼 몇 살이었느냐고 묻지 말아요. 난 일흔일곱 살이오.
돈 후안: 노령이군요, 부인. 지옥에서는 노령은 용납되지 않아요. 너무 현실적이기 때문이죠. 지옥에서는 사랑과 아름다움을 숭배하죠. 철저하게 저주받은 영혼 대신 마음을 가꾸는 겁니다. 지옥에서 일흔일곱 살의 귀부인은 한 사람도 사귈 수 없을 겁니다.
노파: 이봐요, 내 나이를 어쩌란 말이오?
돈 후안: 부인의 나이를 시간의 영역에 두고 왔다는 걸 잊으셨군요. 여기서 당신은 일곱이나 열일곱 혹은 스물일곱 살이 아니듯 일흔일곱 살도 아닙니다.

노파: 말도 안 되는 소리!

『인간과 초인』

DON JUAN: For you, perhaps, there are consolations. For instance: how old were you when you changed from time to eternity?
THE OLD WOMAN: Do not ask me how old I was as if I were a thing of the past. I am 77.
DON JUAN: A ripe age, Senora. But in hell old age is not tolerated. It is too real. Here we worship Love and Beauty. Our souls being entirely damned, we cultivate our hearts. As a lady of 77, you would not have a single acquaintance in hell.
THE OLD WOMAN: How can I help my age, man?
DON JUAN: You forget that you have left your age behind you in the realm of time. You are no more 77 than you are 7 or 17 or 27.
THE OLD WOMAN: Nonsense!

Man and Superman

96 돈 후안: 이보세요, 부인, 외모는 환상에 불과해요. 당신 주름살이 당신을 속인 거라고요. 마치 무딘 정신과

낡아빠진 사고방식을 지닌 수많은 어리석은 열일곱 살 아가씨들의 통통하고 매끄러운 피부가 나이에 관해 거짓말을 하는 것처럼. 하지만 여기서는 우린 육체가 없어요. 우리가 육체를 통해서만 서로를 보는 것은 살아 있을 때 그런 식으로 서로에 대해 생각하는 법을 배웠기 때문입니다. 그래서 다른 방법을 알지 못한 채 여전히 그런 식으로 생각하는 겁니다.

『인간과 초인』

DON JUAN: You see, Señora, the look was only an illusion. Your wrinkles lied, just as the plump smooth skin of many a stupid girl of 17, with heavy spirits and decrepit ideas, lies about her age? Well, here we have no bodies: we see each other as bodies only because we learnt to think about one another under that aspect when we were alive; and we still think in that way, knowing no other.

Man and Superman

97 석상: 이곳의 문 위에는 "여기 들어오는 이들이여, 모든 희망을 뒤에 남겨두기를"이라고 쓰여 있어. 이 얼

마나 안심되는 말인지를 생각해보렴! 희망이 대체 무엇 때문에 있는 거지? 희망이란 일종의 도덕적 책임감이야. 여기는 희망도 없고, 따라서 어떤 의무도, 할 일도 없어. 기도를 해서 얻을 것도 없고, 네가 좋아하는 걸 한다고 해서 무언가를 잃지도 않지. 한마디로 지옥은 즐기는 것 외에는 아무것도 할 게 없는 곳이란다.

『인간과 초인』

THE STATUE: Written over the gate here are the words "Leave every hope behind, ye who enter." Only think what a relief that is! For what is hope? A form of moral responsibility. Here there is no hope, and consequently no duty, no work, nothing to be gained by praying, nothing to be lost by doing what you like. Hell, in short, is a place where you have nothing to do but amuse yourself.

Man and Superman

98 돈 후안: 잊지 말아요, 악마가 그림에서처럼 그렇게 검지는 않다는 걸.

『인간과 초인』

DON JUAN: Remember, the devil is not so black as he is painted.

Man and Superman

99 석상: 천국은 모든 창조물 가운데서 가장 성스럽게 따분한 곳이야.

『인간과 초인』

THE STATUE: Heaven is the most angelically dull place in all creation.

Man and Superman

100 석상: 천국의 영원함을 견딜 수 있는 사람은 아무도 없어.

『인간과 초인』

THE STATUE: Nobody could stand an eternity of Heaven.

Man and Superman

101 마왕: 천사 같은 기질과 악마 같은 기질 사이에는 심연이 가로놓여 있죠. 이보다 더 건너기 힘든 심연이 있을까요?

『인간과 초인』

THE DEVIL: The gulf is the difference between the angelic and the diabolic temperament. What more impassable gulf could you have?

Man and Superman

102 마왕: 영국인은 어떤 불편함을 느낄 때만 자신이 도덕적이라고 생각하죠.

『인간과 초인』

THE DEVIL: An Englishman thinks he is moral when he is only uncomfortable.

Man and Superman

103 아나: 모든 영혼은 똑같이 소중해요. 당신은 참회했잖아요, 안 그래요?

돈 후안: 친애하는 아나, 그런 바보 같은 말을 하다

니. 당신은 천국이 지상과 같다고 생각해요? 지상에서처럼 참회를 하면 했던 일도 하지 않은 일이 되고, 했던 말도 취소하면 하지 않은 말이 되고, 모두가 거짓에 동의하면 진실도 폐기될 수 있다고 믿는 거예요? 천만에요. 천국은 현실을 지배하는 자들의 집이에요. 그래서 내가 그곳에 가려는 거고요.

『인간과 초인』

> ANA: All souls are equally precious. You repent, do you not?
> DON JUAN: My dear Ana, you are silly. Do you suppose heaven is like earth, where people persuade themselves that what is done can be undone by repentance; that what is spoken can be unspoken by withdrawing it; that what is true can be annihilated by a general agreement to give it the lie? No: heaven is the home of the masters of reality: that is why I am going thither.
>
> *Man and Superman*

104 아나: 고맙지만 난 행복해지려고 천국에 가려는 거예요. 지상에서의 현실에 진저리가 나서요.

돈 후안: 그렇다면 당신은 여기 있어야 해요. 지옥은 비현실적인 사람들과 행복을 추구하는 이들의 집이니까요. 내가 말했듯이 지옥은 현실을 지배하는 이들의 집인 천국과 현실의 노예인 자들의 집인 지상으로부터 유일하게 도피할 수 있는 곳입니다. 지상은 남녀가 서로 주인공이나 성인聖人 혹은 죄인 흉내를 내는 온상과도 같죠. 그들은 육체로 인해 자신들의 바보 같은 낙원에서 끌어내려졌어요. 배고픔과 추위, 갈증, 노령과 쇠약함과 질병, 그리고 무엇보다 죽음이 그들을 현실의 노예로 만든 거예요. 그래서 하루에 세 번씩 식사를 하고 소화를 시켜야 하죠. 한 세기에 세 번씩 새로운 세대가 생겨나야 하고, 신앙과 낭만, 과학의 시대도 종국에는 "저를 건강한 동물로 만들어주세요"라는 단 하나의 기도로 귀결됩니다. 하지만 여기서 당신은 이런 육체의 압제에서 벗어날 수 있지요. 여기서 당신은 전혀 동물이 아니니까요. 당신은 유령이고 환영이며 환상이고 관습이며, 죽지도 늙지도 않습니다. 한마디로 육체가 없는 거죠. 여기서는 사회적, 정치적, 종교적 문제도 없고, 아마도 가장 좋은 것은 위생상의 문제도 없다는 사실일 겁니다. 여기서는 겉모습을 아름다움이라 하고, 감정을 사랑이라고 하며, 감상을 영웅주의라 하고, 열망을 미덕이라고 부르죠. 당신이 지상에서 그랬던 것처럼 말이죠. 하지만 여기서는 당신

을 모순에 빠뜨리는 가혹한 사실들도 없고, 필요와 허세의 아이러니한 대조도, 인간 희극도 없으며, 영원한 낭만과 우주적 멜로드라마만 있을 뿐입니다.

『인간과 초인』

ANA: Thank you. I am going to heaven for happiness. I have had quite enough of reality on earth.

DON JUAN: Then you must stay here; for hell is the home of the unreal and of the seekers for happiness. It is the only refuge from heaven, which is, as I tell you, the home of the masters of reality, and from earth, which is the home of the slaves of reality. The earth is a nursery in which men and women play at being heros and heroines, saints and sinners; but they are dragged down from their fool's paradise by their bodies: hunger and cold and thirst, age and decay and disease, death above all, make them slaves of reality: thrice a day meals must be eaten and digested: thrice a century a new generation must be engendered: ages of faith, of romance, and of science are all driven at last to have but one prayer, "Make me a healthy animal." But here you escape the tyranny of the flesh; for here you are not an animal at all: you are a ghost, an appearance, an illusion, a convention, deathless, ageless: in a word, bodiless. There are no social questions here, no political questions, no religious questions, best of all, perhaps, no sanitary questions. Here you call your appearance beauty, your emotions love, your sentiments heroism, your aspirations virtue, just as you did on earth; but here there are no hard facts to contradict you, no ironic contrast of your needs with your pretensions, no human comedy, nothing but a perpetual romance, a universal melodrama.

Man and Superman

105 돈 후안: 하지만 당신이 아름다움이나 쾌락 같은 낭만적 신기루를 관조하는 것을 즐기듯 나는 무엇보다 나의 흥미를 끄는 것, 즉 삶을 관조하기를 즐깁니다. 삶이란 스스로를 더 잘 관조하는 능력을 갖추기 위해 부단히 노력하는 힘이지요. 내 머리가 왜 만들어졌다고 생각하십니까? 팔다리를 움직이기 위해서는 아닐 겁

니다. 머리가 내 것의 반밖에 안 되는 쥐도 나처럼 움직일 수 있으니까요. 머리는 단지 무언가를 하기 위해서가 아니라 내가 무엇을 하는지를 알기 위해 있는 겁니다. 살고자 하는 맹목적인 노력 속에서 나 자신을 죽이지 않도록 말이지요.

『인간과 초인』

DON JUAN: But even as you enjoy the contemplation of such romantic mirages as beauty and pleasure; so would I enjoy the contemplation of that which interests me above all things: namely, *Life*: the force that ever strives to attain greater power of contemplating itself. What made this brain of mine, do you think? Not the need to move my limbs; for a rat with half my brains moves as well as I. Not merely the need to do, but the need to know what I do, lest in my blind efforts to live I should be slaying myself.

Man and Superman

106 마왕: 혹시 최근에 지상 여기저기를 다녀본 적이 있소? 나는 다녀봤고, 인간의 놀라운 발명품들을 살펴보

왔소. 그 결과, 삶을 위한 기술에서 인간은 아무것도 발명하지 못했다고 분명히 말할 수 있소. 그러나 죽음의 기술에서는 대자연을 능가하여 화학과 다양한 기계로 역병, 페스트, 기근과 같은 온갖 살육을 자행하고 있더란 말이오.

『인간과 초인』

THE DEVIL: Have you walked up and down upon the earth lately? I have; and I have examined Man's wonderful inventions. And I tell you that in the arts of life man invents nothing; but in the arts of death he outdoes Nature herself, and produces by chemistry and machinery all the slaughter of plague, pestilence and famine.

Man and Superman

107 마왕: 평화를 위한 기술에서 인간은 서툴기 짝이 없소. 나는 면사 공장과 그 비슷한 것들을 보았는데, 탐욕스러운 개가 음식 대신 돈을 원했다면 발명했을 법한 기계류가 설치돼 있었지. 나는 볼품없는 타자기와 어설픈 기관차와 지루한 자전거도 알고 있소. 그런 것들은 맥심 기관총이나 잠수 어뢰정과 비교하면 장난

감에 불과하지. 인간의 산업용 기계류에는 탐욕과 나태밖에 없고, 그의 마음은 온통 무기에 쏠려 있소. 당신이 자랑하는 경이로운 생명력이란 곧 죽음의 힘인 거요. 인간은 파괴를 통해 자신의 힘을 측정하고 있단 말이오. 종교가 무엇이오? 그건 나를 증오하기 위한 핑계에 불과하오. 법은 무엇이오? 그건 당신을 교수형에 처하게 하기 위한 핑계요. 인간의 도덕성은 무엇이오? 상류계급이 되는 것! 그건 생산하지 않고 소비하기 위한 하나의 핑계일 뿐이오. 예술은 무엇이오? 그건 살육의 그림들을 흡족한 듯 바라보기 위한 핑계지. 그렇다면 정치란 무엇이오? 그건 독재자를 숭배하기 위한 핑계요. 독재자는 사람을 죽일 수 있으니까. 아니면 의회에서 벌이는 닭싸움 같은 거겠지.

『인간과 초인』

THE DEVIL: In the arts of peace Man is a bungler. I have seen his cotton factories and the like, with machinery that a greedy dog could have invented if it had wanted money instead of food. I know his clumsy typewriters and bungling locomotives and tedious bicycles: they are toys compared to the Maxim gun, the submarine torpedo boat. There is nothing in Man's industrial machinery but his greed and sloth: his heart is in his weapons. This marvellous force of Life of which you boast is a force of *Death*: Man measures his strength by his destructiveness. What is his religion? An excuse for hating *me*. What is his law? An excuse for hanging *you*. What is his morality? Gentility! an excuse for consuming without producing. What is his art? An excuse for gloating over pictures of slaughter. What are his politics? Either the worship of a despot because a despot can kill, or parliamentary cockfighting.

Man and Superman

108 마왕: 나는 최근에 어떤 유명한 입법기관에서 저녁을 보냈는데, 똥 묻은 개가 겨 묻은 개를 나무라는 소리와 장관들이 질문에 대답하는 소리를 들었소. 그리고 그곳을 떠나면서 문에 "아무 질문도 하지 마라, 그러면 어떤 거짓말도 듣지 않을 것이다"라는 오래된 어린이 격언을 분필로 적어놓았지.

『인간과 초인』

THE DEVIL: I spent an evening lately in a certain

celebrated legislature, and heard the pot lecturing the kettle for its blackness, and ministers answering questions. When I left I chalked up on the door the old nursery saying—"Ask no questions and you will be told no lies".

Man and Superman

109 돈 후안: 악마 친구, 당신의 단점은 언제나 잘 속는다는 거요. 당신은 인간이 스스로 평가하는 대로 인간을 이해하지. 인간에 대한 당신의 견해만큼 인간이 반기는 건 없을 거요. 인간은 스스로를 용감하고 나쁘다고 여기기를 좋아하오. 사실 인간은 용감하지도 나쁘지도 않고 단지 비겁자일 뿐인데. 인간에게 독재자, 살인자, 해적, 불한당이라고 해보시오. 그러면 그는 당신을 숭배하면서 자기 몸속에 옛날 해적왕들의 피가 흐르고 있다고 허풍을 떨 거요. 그를 거짓말쟁이나 도둑이라고 해보시오. 그래도 그는 명예훼손으로 당신을 고소하는 게 고작일 거요. 하지만 그를 비겁자라고 하면 그는 미친 듯이 날뛸 거요. 그리고 죽음을 불사하고라도 폐부를 찌르는 그 진실과 맞서려고 할 거요.

『인간과 초인』

DON JUAN: Your weak side, my diabolic friend, is that you have always been a gull: you take Man at his own valuation. Nothing would flatter him more than your opinion of him. He loves to think of himself as bold and bad. He is neither one nor the other: he is only a coward. Call him tyrant, murderer, pirate, bully; and he will adore you, and swagger about with the consciousness of having the blood of the old sea kings in his veins. Call him liar and thief; and he will only take an action against you for libel. But call him coward; and he will go mad with rage: he will face death to outface that stinging truth.

Man and Superman

110 돈 후안: 아마도 그게 전쟁이 전혀 쓸모없는 이유일 겁니다. 하지만 결코 두려움을 극복할 수 없는 인간은 자신들이 어떤 보편적인 목적을 위해, 소위 하나의 사상을 위해 싸운다고 상상하게 되죠. 어째서 십자군이 해적보다 용감했을까요? 십자군은 자신이 아닌 십자가를 위해 싸웠기 때문입니다.

『인간과 초인』

DON JUAN: That is perhaps why battles are so useless. But men never really overcome fear until they imagine they are fighting to further a universal purpose—fighting for an idea, as they call it. Why was the Crusader braver than the pirate? Because he fought, not for himself, but for the Cross.

Man and Superman

111 돈 후안: 중요한 건 죽음이 아니라 죽음에 대한 두려움입니다. 우리를 타락하게 하는 것은 죽이거나 죽는 게 아니라 비열하게 살면서 타락의 대가와 이득을 받아들이는 겁니다. 한 명의 살아 있는 노예나 그 주인보다는 열 명의 죽은 자가 더 낫지요. 인간은 노예제 폐지라는 위대한 가톨릭 사상을 위해 들고일어나 아버지가 아들과 맞서거나 형제가 서로에게 맞서 서로를 죽일 겁니다.

마왕: 그렇겠지. 당신이 떠들어대는 자유와 평등이 경매대가 아닌 노동시장에서 더 싼값에 백인 기독교인들을 해방시킬 수 있게 되면 말이지.

돈 후안: 걱정 마시오! 백인 노동자도 그렇게 될 때가 올 테니까. 하지만 나는 지금 위대한 사상이 만드

는 환상을 옹호하려는 게 아닙니다. 난 자신의 이기심을 채우는 데는 철저하게 비겁자인 인간이라는 존재가 하나의 사상을 위해서는 영웅처럼 싸울 것이라는 사실을 여러 예를 통해 보여주고 있는 겁니다. 인간은 한 시민으로서는 비굴할지 몰라도 광신자로서는 위험합니다. 인간은 이성에 귀 기울일 정도로 정신적으로 아주 약해질 때만 노예가 될 수 있습니다.

『인간과 초인』

DON JUAN: It is not death that matters, but the fear of death. It is not killing and dying that degrade us, but base living, and accepting the wages and profits of degradation. Better ten dead men than one live slave or his master. Men shall yet rise up, father against son and brother against brother, and kill one another for the great Catholic idea of abolishing slavery.
THE DEVIL: Yes, when the Liberty and Equality of which you prate shall have made free white Christians cheaper in the labor market than by auction at the block.
DON JUAN: Never fear! the white laborer shall have his turn too. But I am not now defending the

illusory forms the great ideas take. I am giving you examples of the fact that this creature Man, who in his own selfish affairs is a coward to the backbone, will fight for an idea like a hero. He may be abject as a citizen; but he is dangerous as a fanatic. He can only be enslaved whilst he is spiritually weak enough to listen to reason.

Man and Superman

112 석상: 내가 후안에게 물으려던 것은 왜 삶이 머리를 얻기 위해 그토록 애쓰는가 하는 거요. 무엇 때문에 삶이 스스로를 이해하고 싶어 해야 하는 거지? 그저 즐기는 데 만족하지 못하고?

돈 후안: 머리가 없이는, 사령관님, 삶을 알지 못한 채 즐기게 되고, 그러면 모든 재미를 잃게 되기 때문입니다.

석상: 그래요, 맞는 말이오. 하지만 나는 내가 즐기고 있음을 알 정도의 머리만으로도 충분히 만족할 거요. 그 이유까지 알고 싶지는 않소. 솔직히 그 이유를 모르는 게 낫고 말이오. 내 경험상 쾌락은 스스로에 대해 생각하는 걸 참지 못하거든.

돈 후안: 그게 지성이 인기가 없는 이유죠. 그러나 지

성은 인간을 이끄는 힘으로서의 삶에 꼭 필요한 것입니다. 지성이 없으면 인간은 자칫 죽음으로 향하게 되니까요. 생명은 오랜 시간의 투쟁을 거쳐 놀라운 신체 기관인 눈을 진화시켰고, 그 덕분에 생명체는 자신이 어디로 가고 있는지, 자신을 돕거나 위협하러 무엇이 오고 있는지를 알고 과거에 자신을 죽게 했던 수많은 위험을 피할 수 있게 되었지요. 그와 마찬가지로 오늘날 생명은 물질계가 아니라 삶의 목적을 알기 위한 마음의 눈을 진화시키고 있습니다. 그럼으로써 각 개인이 지금과 같은 근시안적이고 개인적인 목표를 세워 삶의 목적을 좌절시키거나 무산시키는 대신 그것을 이루는 데 매진할 수 있게 합니다. 지금도 한 부류의 사람만은 이해관계와 환상의 온갖 갈등 속에서도 언제나 행복하고 많은 이들에게 존중받고 있지요.

『인간과 초인』

THE STATUE: What I was going to ask Juan was why Life should bother itself about getting a brain. Why should it want to understand itself? Why not be content to enjoy itself?
DON JUAN: Without a brain, Commander, you would enjoy yourself without knowing it, and so lose all the fun.

THE STATUE: True, most true. But I am quite content with brain enough to know that I'm enjoying myself. I don't want to understand why. In fact, I'd rather not. My experience is that one's pleasures don't bear thinking about.
DON JUAN: That is why intellect is so unpopular. But to Life, the force behind the Man, intellect is a necessity, because without it he blunders into death. Just as Life, after ages of struggle, evolved that wonderful bodily organ the eye, so that the living organism could see where it was going and what was coming to help or threaten it, and thus avoid a thousand dangers that formerly slew it, so it is evolving to–day a mind's eye that shall see, not the physical world, but the purpose of Life, and thereby enable the individual to work for that purpose instead of thwarting and baffling it by setting up shortsighted personal aims as at present. Even as it is, only one sort of man has ever been happy, has ever been universally respected among all the conflicts of interests and illusions.

Man and Superman

113 돈 후안: 아뇨, 나는 무기와 영웅이 아닌 철학자를 노래합니다. 철학자는 사색 속에서 세상의 내적 의지를 발견하려 하고, 발명 속에서 그 의지를 실현시킬 수단을 발견하고자 하며, 그렇게 발견한 수단으로 그 의지를 실천하고자 하지요.

『인간과 초인』

DON JUAN: No, I sing, not arms and the hero, but the philosophic man: he who seeks in contemplation to discover the inner will of the world, in invention to discover the means of fulfilling that will, and in action to do that will by the so-discovered means.

Man and Superman

114 돈 후안: 뜻이 있는 곳에 길이 있다는 말, 즉 인간이 정말로 무언가를 하고자 하면 결국엔 그 방법을 찾아낸다는 걸 모릅니까?

『인간과 초인』

DON JUAN: Do you not know that where there is a will there is a way—that whatever Man really wishes to do he will finally discover a means of doing?

Man and Superman

115 돈 후안: 자! 이제 서로 비밀을 털어놓읍시다. 먼저 당신이 여자들한테 하곤 했던 말을 들려주시오.
석상: 나 말인가! 오, 난 죽을 때까지 충실하겠다고 맹세했지. 날 거절하면 죽어버릴 거라고, 내겐 어떤 여자도 당신 같을 수 없다고 하면서 말이야.
아나: 당신이라고요? 누구 말인가요?
석상: 그 순간 우연히 내 옆에 있던 여자지. 그게 누구든 상관없이. 내가 여자들한테 늘 하는 말들이 있었단다. 그중 하나는, 내가 여든이 되어도 사랑하는 여자의 흰 머리카락 하나가 가장 아름다운 젊은 여성의 삼단 같은 황금빛 머리칼보다 더 내 가슴을 뛰게 한다는 것이었지. 다른 하나는, 그녀가 아닌 다른 여자가 내 아이들의 어머니가 된다는 생각을 견딜 수 없다는 것이었고.

『인간과 초인』

DON JUAN: Oh, come! Confidence for confidence. First tell me what you used to say to the ladies.

THE STATUE: I! Oh, I swore that I would be faithful to the death; that I should die if they refused me; that no woman could ever be to me what she was—
ANA: She? Who?
THE STATUE: Whoever it happened to be at the time, my dear. I had certain things I always said. One of them was that even when I was eighty, one white hair of the woman I loved would make me tremble more than the thickest gold tress from the most beautiful young head. Another was that I could not bear the thought of anyone else being the mother of my children.

Man and Superman

116 돈 후안: 내 말은, 나 자신보다 나은 무언가를 떠올릴 때마다 그것을 실현시키거나 그 길을 개척하려고 노력하지 않으면 마음이 편하지 않다는 겁니다. 그게 내 삶의 법칙입니다. 더욱 발전된 유기체와 보다 넓고 깊고 강렬한 자의식, 더욱 명료한 자기 인식을 향한 삶의 끝없는 열망이 내 안에서 작동하는 것이죠. 이 지고의 목적은 내게 있어서 사랑을 한순간의 단순한 쾌

락으로, 예술을 내 능력의 단순한 단련장으로, 종교를 나태의 단순한 핑곗거리로 만들었지요. 왜냐하면 내 눈으로 세상을 바라보고 그것이 개선될 수 있음을 깨닫는 나의 본능에 반해, 세상을 대신 바라보면서 세상이 좋은 곳이라고 하는 신을 상정해놓은 게 종교이기 때문입니다.

『인간과 초인』

DON JUAN: I tell you that as long as I can conceive something better than myself I cannot be easy unless I am striving to bring it into existence or clearing the way for it. That is the law of my life. That is the working within me of Life's incessant aspiration to higher organization, wider, deeper, intenser self-consciousness, and clearer self-understanding. It was the supremacy of this purpose that reduced love for me to the mere pleasure of a moment, art for me to the mere schooling of my faculties, religion for me to a mere excuse for laziness, since it had set up a God who looked at the world and saw that it was good, against the instinct in me that looked through my eyes at the world and saw that it could be improved.

Man and Superman

117 마왕: 하지만 더 나아가 당신에게 솔직히 말하자면, 인간은 지옥에서처럼 천국에서도 모든 것에 싫증을 내기 마련이오. 모든 역사는 이 두 극단 사이에서 흔들리는 세계를 기록한 것에 불과하지. 한 시대라는 것도 결국 진자가 흔들리는 것일 뿐인데, 각 세대는 항상 움직이는 진자를 보고 세상이 진보하고 있다고 착각하지.

『인간과 초인』

THE DEVIL: But I will now go further, and confess to you that men get tired of everything, of heaven no less than of hell; and that all history is nothing but a record of the oscillations of the world between these two extremes. An epoch is but a swing of the pendulum; and each generation thinks the world is progressing because it is always moving.

Man and Superman

118 마왕: 안다는 게 대체 무슨 쓸모가 있는 거요?
돈 후안: 그야 가장 저항이 적은 노선 대신 가장 이득이 큰 노선을 선택할 수 있기 위해서죠. 목적지를 향해 항해하는 배는 표류하는 통나무나 다름없지 않을까요? 철학자는 대자연의 조타수입니다. 따라서 우리의 차이점은 바로 이것입니다. 지옥에 있는 것은 표류하는 것이고, 천국에 있는 것은 키를 잡고 있는 것이지요.

『인간과 초인』

THE DEVIL: What is the use of knowing?
DON JUAN: Why, to be able to choose the line of greatest advantage instead of yielding in the direction of the least resistance. Does a ship sail to its destination no better than a log drifts nowhither? The philosopher is Nature's pilot. And there you have our difference: to be in hell is to drift: to be in heaven is to steer.

Man and Superman

119 마왕: (화를 내며) 지금 나의 다정한 인사를 비난하는 거요, 돈 후안?

돈 후안: 천만에요. 하지만 냉소적인 악마에게서는 배울 게 많지만, 감상적인 악마는 정말 참기가 힘들죠. 사령관님, 지옥과 천국의 경계로 가는 길을 아시겠죠. 절 그리로 안내해주시면 좋겠습니다.
석상: 경계란 사물을 바라보는 두 방식의 차이일 뿐이오. 당신이 정말 거기로 가고 싶다면 어떤 길로도 갈 수 있어요.

『인간과 초인』

THE DEVIL: (angrily) You throw my friendly farewell back in my teeth, then, Don Juan?
DON JUAN: By no means. But though there is much to be learnt from a cynical devil, I really cannot stand a sentimental one. Senor Commander, you know the way to the frontier of hell and heaven. Be good enough to direct me.
THE STATUE: Oh, the frontier is only the difference between two ways of looking at things. Any road will take you across it if you really want to get there.

Man and Superman

120 마왕: 초인을 추구하는 사람을 조심해야 합니다. 인간을 닥치는 대로 경멸하게 만들거든요. 인간에게 말이나 개, 고양이 등은 도덕적 세계 바깥에 존재하는 하나의 종種일 뿐입니다. 초인에게는 남자와 여자 역시 도덕적 세계 밖에 있는 하나의 종에 불과합니다. 이 돈 후안은 여기 사령관님 따님이 자신의 반려 고양이나 개에게 다정했듯이 여성에게 친절하고 남성에게 정중했지요. 하지만 그런 친절함은 영혼이 오로지 인간적인 성질만으로 이루어졌음을 부인하는 것입니다.
석상: 그런데 대체 초인이 누구요?
마왕: 아, 그건 생명력을 광적으로 믿는 이들 사이에서 최근에 유행하는 겁니다. 혹시 천국에 새로 온 사람 중에서 독일계 폴란드인인 미치광이를 못 만나셨나요? 이름이 뭐였더라? 니체라고 했던가?
석상: 들어본 적 없는데.
마왕: 아무튼 그가 제정신으로 돌아오기 전에 여길 먼저 왔었죠. 난 그에게 약간의 희망을 품었는데, 알고 보니 그는 뿌리 깊은 생명력의 숭배자였어요. 프로메테우스만큼이나 오래된 초인을 들추어낸 것도 그였지요. 이제 20세기에도 사람들은 세상과 육욕과 당신의 비천한 종인 내게 싫증이 나면, 오랜 열광의 대상 중 최신판인 초인을 쫓아다닐 것입니다.
석상: 초인은 그럴듯한 구호이고, 구호가 좋으면 싸움

에서 반은 이긴 셈이지. 그 니체라는 자를 한번 만나 보고 싶군.

『인간과 초인』

THE DEVIL: Beware of the pursuit of the Superhuman: it leads to an indiscriminate contempt for the Human. To a man, horses and dogs and cats are mere species, outside the moral world. Well, to the Superman, men and women are a mere species too, also outside the moral world. This Don Juan was kind to women and courteous to men as your daughter here was kind to her pet cats and dogs; but such kindness is a denial of the exclusively human character of the soul.

THE STATUE: And who the deuce is the Superman?

THE DEVIL: Oh, the latest fashion among the *Life Force* fanatics. Did you not meet in Heaven, among the new arrivals, that German Polish madman—what was his name? Nietzsche?

THE STATUE: Never heard of him.

THE DEVIL: Well, he came here first, before he

recovered his wits. I had some hopes of him; but he was a confirmed *Life Force* worshipper. It was he who raked up the Superman, who is as old as Prometheus; and the 20th century will run after this newest of the old crazes when it gets tired of the world, the flesh, and your humble servant.
THE STATUE: Superman is a good cry; and a good cry is half the battle. I should like to see this Nietzsche.

Man and Superman

121 말론: 남자는 돈에 실망할 때보다 사랑에 실망할 때 더 잘되는 법이지.

『인간과 초인』

MALONE: Men thrive better on disappointments in love than on disappointments in money.

Man and Superman

122 앤: (연민을 느끼면서도 짓궂게) 내가 어떤 상황에 처하든 언제나 나를 공경해줄 거죠, 그렇죠?

옥타비어스: 물론이오. 우습게 들리겠지만 절대 과장이 아니오. 늘 그러고 있고, 언제나 그럴 거예요.
앤: 언제나라는 말은 함부로 하면 안 돼요, 테이비. 당신이 나를 신처럼 떠받들면 난 언제나 거기에 맞춰 살아야 할 거예요. 그런데 우리가 결혼하면 난 그렇게 살 수 있을 것 같지 않아요. 하지만 내가 잭과 결혼하면 당신이 나한테 환멸을 느끼는 일은 없겠죠. 적어도 내가 너무 늙어버리기 전까지는.
옥타비어스: 나도 늙어요, 앤. 내가 여든이 되어도 사랑하는 여자의 흰 머리카락 하나가 가장 아름다운 젊은 여성의 삼단 같은 황금빛 머리칼보다 더 내 가슴을 뛰게 할 거예요.
앤: (몹시 감동받아) 오, 그건 시군요, 테이비, 진짜 시예요. 마치 전생에서 온 메아리처럼 기이하고 갑작스러운 느낌을 주네요. 늘 생각하는 건데, 전생은 우리 영혼이 불멸이라는 명백한 증거가 아닐까요.
옥타비어스: 내 말이 사실이라고 믿는 거예요?
앤: 테이비, 당신 말이 사실이라면 당신은 나를 사랑하기 때문에 나와 헤어져야 해요.
옥타비어스: 아! (급히 조그만 테이블 위에 주저앉아 두 손으로 얼굴을 가린다.)
앤: (단호하게) 테이비, 나는 절대 당신의 환상을 깨뜨리고 싶지 않아요. 난 당신과 함께할 수도, 당신과 이

별할 수도 없어요. 그리고 무엇이 당신에게 가장 좋을지 잘 알고 있어요. 당신은 나를 위해 감상적인 독신으로 남아 있어야 해요.
옥타비어스: (절망적으로) 앤, 난 자살할 거예요.
앤: 오, 안 돼요, 그러면 안 돼요. 그건 좋은 일이 아니에요. 당신도 그리 힘들지 않을 거예요. 여자들에게 아주 잘할 거고, 오페라에도 자주 갈 수 있어요. 실연은 런던 남자에겐 아주 즐거운 불평거리인걸요. 넉넉한 수입이 있다면 말이죠.
『인간과 초인』

ANN: (mischievously in spite of her pity) You would always worship the ground I trod on, wouldn't you?
OCTAVIUS: I do. It sounds ridiculous; but it's no exaggeration. I do; and I always shall.
ANN: Always is a long word, Tavy. You see, I shall have to live up always to your idea of my divinity; and I don't think I could do that if we were married. But if I marry Jack, you'll never be disillusioned—at least not until I grow too old.
OCTAVIUS: I too shall grow old, Ann. And when I am eighty, one white hair of the woman I love

will make me tremble more than the thickest gold tress from the most beautiful young head.

ANN: (quite touched) Oh, that's poetry, Tavy, real poetry. It gives me that strange sudden sense of an echo from a former existence which always seems to me such a striking proof that we have immortal souls.

OCTAVIUS: Do you believe that is true?

ANN: Tavy, if it is to become true you must lose me as well as love me.

OCTAVIUS: Oh! (he hastily sits down at the little table and covers his face with his hands).

ANN: (with conviction) Tavy, I wouldn't for worlds destroy your illusions. I can neither take you nor let you go. I can see exactly what will suit you. You must be a sentimental old bachelor for my sake.

OCTAVIUS: (desperately) Ann, I'll kill myself.

ANN: Oh no you won't: that wouldn't be kind. You won't have a bad time. You will be very nice to women; and you will go a good deal to the opera. A broken heart is a very pleasant complaint for a man in London if he has a comfortable income.

Man and Superman

123 앤: 이상에 따라 사는 것보다 좋지 않은 인상을 극복하는 게 언제나 훨씬 쉽죠.

『인간과 초인』

ANN: Getting over an unfavorable impression is ever so much easier than living up to an ideal.

Man and Superman

124 화이트필드 부인: 난 잘 모르겠군요, 젊은이에게 어느 쪽이 더 좋은 건지. 당신처럼 세상을 거의 모르는 것과 잭처럼 너무 많이 아는 것 중에서 말이에요.

『인간과 초인』

MRS WHITEFIELD: I don't know which is best for a young man: to know too little, like you, or too much, like Jack.

Man and Superman

125 화이트필드 부인: 참으로 이상한 세상이에요. 예전에는 세상이 아주 정직하고 단순했는데 지금은 제대로 생각하고 느끼는 사람이 아무도 없는 것 같아요.

『인간과 초인』

MRS WHITEFIELD: It's a very queer world. It used to be so straightforward and simple; and now nobody seems to think and feel as they ought.

Man and Superman

126 화이트필드 부인: (능청스레) 그 애는 테이비보다 당신하고 더 잘 어울려요. 당신한테서 자기 호적수를 발견한 거죠, 잭. 나도 그 아이가 자신의 호적수와 마주하는 모습을 보고 싶군요.
태너: 어떤 남자도 여자의 호적수가 될 수는 없어요. 부지깽이를 들고 징을 박은 부츠라도 신으면 모를까. 그렇다 해도 상대가 될지는 모르겠지만요. 어쨌든 전 앤한테 부지깽이를 들이댈 수는 없어요. 그냥 노예가 되어야겠죠.

『인간과 초인』

MRS WHITEFIELD: (slyly) She'd suit you better than Tavy. She'd meet her match in you, Jack. I'd like to see her meet her match.
TANNER: No man is a match for a woman, except

with a poker and a pair of hobnailed boots. Not always even then. Anyhow, I can't take the poker to her. I should be a mere slave.

Man and Superman

127 태너: 우리는 모두 거짓말을 하고, 할 수 있는 만큼 약자를 괴롭히고, 칭찬받을 일을 할 의사가 조금도 없으면서 칭찬을 받으려 합니다. 그리고 자신의 매력을 십분 활용해 되도록 많은 것을 얻으려고 하지요.

『인간과 초인』

TANNER: We all lie; we all bully as much as we dare; we all bid for admiration without the least intention of earning it; we all get as much rent as we can out of our powers of fascination.

Man and Superman

128 앤: 처음 볼 때는 예쁜 게 정말 좋겠지요. 하지만 집에서 사흘만 지나면 누가 그걸 쳐다보기나 할까요? 아빠가 처음 그림들을 사 오셨을 때는 참 아름답다고 생각했어요. 하지만 그 후 몇 년 동안 난 그것들을 쳐다

보지도 않았어요. 당신도 내 외모 따위에는 신경 쓰지 않게 될 거예요. 나한테 너무 익숙해져 있을 테니까요. 난 우산꽂이나 마찬가지인 신세가 될 거라고요.

『인간과 초인』

ANN: Beauty is all very well at first sight; but who ever looks at it when it has been in the house three days? I thought our pictures very lovely when papa bought them; but I haven't looked at them for years. You never bother about my looks: you are too well used to me. I might be the umbrella stand.

Man and Superman

129 멘도자: 선생, 우리 인생에는 두 종류의 비극이 있습니다. 하나는 자신이 진정으로 바라는 것을 얻지 못하는 것이고, 다른 하나는 그것을 얻는 것이죠.

『인간과 초인』

MENDOZA: Sir: there are two tragedies in life. One is not to get your heart's desire. The other is to get it.

Man and Superman

130 나는 『피그말리온』이 영국뿐만 아니라 유럽과 북미 전역에서도 엄청난 성공을 거둔 연극이었노라고 자랑할 수 있기를 바란다. 이 극은 아주 강력하게 의도적으로 교훈적이며, 그 주제가 무미건조하다고 평가받는 터라, 나는 '예술은 결코 교훈적이어서는 안 된다'고 앵무새처럼 반복해 외쳐대며 똑똑한 척하는 자들의 머리 위에 기쁘게 이 극을 던지고자 한다. 이 극은 예술은 교훈적이 아닌 다른 어떤 것도 되어서는 안 된다는 나의 주장을 증명해줄 것이다.

『피그말리온』 서문

I wish to boast that Pygmalion has been an extremely successful play all over Europe and North America as well as at home. It is so intensely and deliberately didactic, and its subject is esteemed so dry, that I delight in throwing it at the heads of the wiseacres who repeat the parrot cry that art should never be didactic. It goes to prove my contention that art should never be anything else.

preface of Pygmalion

131 메모하는 사람: 취미로 먹고살 수 있는 사람은 행복한 거죠!

『피그말리온』

THE NOTE TAKER: Happy is the man who can make a living by his hobby!

Pygmalion

132 메모하는 사람: 너는 영혼이 있는 인간이고, 신은 네게 또렷이 발음할 수 있는 능력을 주었다는 것을 잊지 마. 너의 모국어는 셰익스피어와 밀턴, 그리고 성서의 언어야. 그러니 거기 앉아서 성난 비둘기처럼 구구대지 좀 말라고.

『피그말리온』

THE NOTE TAKER: Remember that you are a human being with a soul and the divine gift of articulate speech: that your native language is the language of Shakespeare and Milton and The

Bible; and don't sit there crooning like a bilious pigeon.

Pygmalion

133 메모하는 사람: 천박한 영어를 하는 저 아이를 보십시오. 저 영어는 죽는 날까지 저 아이를 빈민굴에 처박혀 있게 할 겁니다. 저는 말이죠, 선생, 석 달 안에 저 아이가 대사의 가든 파티에서 공작 부인 행세를 하게 할 수 있습니다. 수준 있는 영어가 요구되는 귀부인의 하녀나 점원 자리를 얻게 할 수도 있고요.
꽃 파는 소녀: 지금 뭐라고 하셨어요?
메모하는 사람: 잘 들어라, 으깨진 양배추 잎 같은 아이야. 너는 고귀한 건축물인 이 기둥들의 수치이고, 영어에 대한 모욕 그 자체야. 나는 이런 네가 시바의 여왕 행세를 하게 할 수 있다. (신사에게) 제 말을 믿으실 수 있겠습니까?

『피그말리온』

THE NOTE TAKER: You see this creature with her kerbstone English, the English that will keep her in the gutter to the end of her days. Well, sir, in three months I could pass that girl off as

a duchess at an ambassador's garden party. I could even get her a place as lady's maid or shop assistant, which requires better English.
THE FLOWER GIRL: What's that you say?
THE NOTE TAKER: Yes, you squashed cabbage leaf, you disgrace to the noble architecture of these columns, you incarnate insult to the English language: I could pass you off as the Queen of Sheba. (To the Gentleman) Can you believe that?
Pygmalion

134 히긴스: (구상이 점점 더 마음에 들어 흥분하면서) 인생이란 게 영감을 받아 자꾸만 미친 짓을 저지르는 게 아니고 뭐겠어요? 그럴 만한 일을 찾는 게 어려운 거지요. 절대 기회를 놓치면 안 됩니다. 기회란 매일 찾아오는 게 아니니까요. 나는 저 구차한 밑바닥 인생을 공작부인으로 만들 겁니다.
『피그말리온』

HIGGINS: (becoming excited as the idea grows on him) What is life but a series of inspired follies? The difficulty is to find them to do. Never lose a chance: it doesn't come every day. I shall make a duchess of this draggletailed guttersnipe.

Pygmalion

135 히긴스: (피커링에게, 생각에 잠긴 채) 어렵다는 걸 알겠어요?
피커링: 뭐가요? 뭐가 어렵다는 건가요?
히긴스: 저 아이를 문법에 맞게 말하게 하는 거요. 발음만 하는 건 아주 쉽죠.
리자: 난 문법을 하고 싶지 않아요. 나는 숙녀처럼 말하고 싶다고요.

『피그말리온』

HIGGINS: (to Pickering, reflectively) You see the difficulty?
PICKERING: Eh? What difficulty?
HIGGINS: To get her to talk grammar. The mere pronunciation is easy enough.
LIZA: I don't want to talk grammar. I want to talk like a lady.

Pygmalion

136 피어스 부인: 히긴스 선생님, 선생님은 저 아이를 꼬이고 있어요. 이건 옳지 않아요. 저 아이는 미래를 생각해야 해요.
히긴스: 저 나이에! 말도 안 돼요! 생각할 미래가 하나도 없을 때 미래를 생각해도 충분해요. 아니다, 일라이자, 이 부인 말씀대로 해라. 다른 사람들의 미래를 생각하렴. 하지만 절대 네 미래는 생각하지 마라. 초콜릿과 택시, 황금과 다이아몬드 같은 걸 생각해.

『피그말리온』

> MRS PEARCE: Mr Higgins, you're tempting the girl. It's not right. She should think of the future.
> HIGGINS: At her age! Nonsense! Time enough to think of the future when you haven't any future to think of. No, Eliza: do as this lady does: think of other people's futures; but never think of your own. Think of chocolates, and taxis, and gold, and diamonds.
>
> *Pygmalion*

137 피커링: 잠깐만요 히긴스, 아무래도 내가 참견을 좀 해야겠소. 피어스 부인 말이 옳아요. 이 아이가 6개월

동안 교육 실험을 위해 당신한테 자신을 맡길 거라면 자신이 뭘 하는지 제대로 이해해야 해요.
히긴스: 이 애가 어떻게 이해하겠어요? 아무것도 이해할 능력이 없는데. 게다가 우린 우리가 하는 일을 이해하나요? 만약 이해한다면 과연 우리가 그걸 하려고 할까요?

『피그말리온』

PICKERING: Excuse me, Higgins, but I really must interfere. Mrs Pearce is quite right. If this girl is to put herself in your hands for six months for an experiment in teaching, she must understand thoroughly what she's doing.
HIGGINS: How can she? She's incapable of understanding anything. Besides, do any of us understand what we are doing? If we did, would we ever do it?

Pygmalion

138 피커링: 단도직입적으로 물어서 미안하오, 히긴스. 당신은 여자 문제에 있어서 믿을 만한 사람이오?
히긴스: (침울하게) 여자 문제에 있어서 믿을 만한 남자

를 본 적이 있나요?

『피그말리온』

PICKERING: Excuse the straight question, Higgins. Are you a man of good character where women are concerned?
HIGGINS: (moodily) Have you ever met a man of good character where women are concerned?

Pygmalion

139 히긴스: (참지 못하고 피아노에서 내려오면서) 그건 신만이 아시겠죠! 여자는 자신만의 인생을 살고 싶어 하고, 남자 또한 자기 방식대로 살기를 원해요. 그래서 각자 상대를 잘못된 방향으로 끌고 가려고 하지요. 한 사람은 북쪽으로 가려고 하는데 다른 한 사람은 남쪽으로 가려는 식이죠. 그러다 결국은 둘 다 동쪽으로 가게 되죠. 둘 다 동풍을 싫어하는데도 말입니다. (피아노 의자에 앉는다.) 그래서 나는 확고한 독신주의자가 되었고, 앞으로도 그렇게 살 겁니다.

『피그말리온』

HIGGINS (coming off the piano restlessly) Oh, Lord

knows! I suppose the woman wants to live her own life; and the man wants to live his; and each tries to drag the other on to the wrong track. One wants to go north and the other south; and the result is that both have to go east, though they both hate the east wind. (He sits down on the bench at the keyboard.) So here I am, a confirmed old bachelor, and likely to remain so.

Pygmalion

140 히긴스: 중요한 건 이런 작은 것들이에요, 피커링. 푼돈을 아끼면 큰돈은 저절로 모인다는 말은 돈뿐만 아니라 개인의 습관에도 해당하는 진실이지요.

『피그말리온』

HIGGINS: It is these little things that matter, Pickering. Take care of the pence and the pounds will take care of themselves is as true of personal habits as of money.

Pygmalion

141 피커링: 당신한테는 양심이란 게 없소?
둘리틀: (태연하게) 저는 그런 걸 챙길 여유가 없습니다, 나리. 나리도 저처럼 가난했다면 마찬가지였을 겁니다.
『피그말리온』

PICKERING: Have you no morals, man?
DOOLITTLE: (unabashed) Can't afford them, Governor. Neither could you if you was as poor as me.
Pygmalion

142 아인스포드 힐 양: (히긴스를 결혼 상대로 꽤 괜찮다고 생각하며) 공감해요. 나는 잡담을 하지 않아요. 사람들이 솔직하게 자기 생각을 말하면 좋을 텐데!
히긴스: (다시 침울해지며) 절대 그럴 일은 없을 거요!
아인스포드 힐 부인: (딸의 말을 이어서) 어째서요?
히긴스: 무언가를 생각해야 한다고 생각하는 것도 좋은 게 아니지만, 사람들이 실제로 생각하는 걸 말한다면 판이 깨지고 말 테니까요. 내가 지금 진짜로 생각하는 걸 솔직히 말한다면 부인은 기분이 좋으시겠어요?

『피그말리온』

MISS EYNSFORD HILL: (who considers Higgins quite eligible matrimonially) I sympathize. I haven't any small talk. If people would only be frank and say what they really think!
HIGGINS: (relapsing into gloom) Lord forbid!
MRS EYNSFORD HILL: (taking up her daughter's cue) But why?
HIGGINS: What they think they ought to think is bad enough, Lord knows; but what they really think would break up the whole show. Do you suppose it would be really agreeable if I were to come out now with what I really think?
Pygmalion

143 히긴스: 우리는 모두 어느 정도 야만적인 기질을 가지고 있어요. 그런데도 교양을 갖추고 있고 문화를 안다고 여겨지죠. 시와 철학과 예술과 과학 등에 통달했다고 말이죠. 하지만 우리 중에 이 단어들의 의미라도 아는 사람이 얼마나 될까요? (힐 양에게) 당신은 시에 대해 뭘 알죠? (힐 부인에게) 부인은 과학에 대해 뭘 아

시나요? (프레디를 가리키며) 저 친구는 예술이나 과학 혹은 다른 것에 대해 얼마나 알고 있을까요? 내가 철학에 대해 대체 뭘 알 거라고 생각하시나요?
히긴스 부인: (경고하듯) 또는 매너에 대해서도 말이지, 헨리.
『피그말리온』

HIGGINS: You see, we're all savages, more or less. We're supposed to be civilized and cultured—to know all about poetry and philosophy and art and science, and so on; but how many of us know even the meanings of these names? (To Miss Hill) What do you know of poetry? (To Mrs Hill) What do you know of science? (Indicating Freddy) What does he know of art or science or anything else? What the devil do you imagine I know of philosophy?
MRS HIGGINS: (warningly) Or of manners, Henry?
Pygmalion

144 히긴스 부인: 두 사람은 마치 살아 있는 인형을 가지고 노는 어린아이들 같군요.
히긴스: 논다고요! 이건 내가 시도했던 것 중에서 가

장 힘든 일이라고요. 오해하시면 안 돼요, 어머니. 한 사람을 데려다가 그에게 새로운 언어를 창조해줌으로써 전혀 다른 사람으로 변화시키는 게 얼마나 흥미로운 일인지 모르실 거예요. 이건 계층과 계층, 영혼과 영혼 사이의 깊은 간극을 메우는 일이기도 해요.

『피그말리온』

MRS HIGGINS: You certainly are a pretty pair of babies, playing with your live doll.
HIGGINS: Playing! The hardest job I ever tackled, make no mistake about that, mother. But you have no idea how frightfully interesting it is to take a human being and change her into a quite different human being by creating a new speech for her. It's filling up the deepest gulf that separates class from class and soul from soul.

Pygmalion

145 리자: 선생님이 기도하시는 걸 들었어요. "잘 마치게 해주셔서 감사합니다!"라고요.
히긴스: (짜증스레) 그럼 넌 잘 끝난 게 좋지 않니? 이제 넌 자유고 네가 하고 싶은 대로 할 수 있는데.

리자: (절망 속에서도 마음을 추스르면서) 대체 난 무엇에 어울리는 사람이죠? 나를 무엇에 어울리는 사람으로 만드신 거예요? 난 어디로 가야 해요? 난 뭘 해야 하죠? 이제 난 어떻게 되는 건가요?

『피그말리온』

> LIZA: I heard your prayers. "Thank God it's all over!"
> HIGGINS: (impatiently) Well, don't you thank God it's all over? Now you are free and can do what you like.
> LIZA: (pulling herself together in desperation) What am I fit for? What have you left me fit for? Where am I to go? What am I to do? What's to become of me?
>
> *Pygmalion*

146 리자: 나는 꽃을 팔았지 나를 팔지는 않았어요. 이제 선생님이 나를 숙녀로 만들어놔서 난 아무것도 팔 수 없게 되었다고요. 왜 나를 처음 봤던 곳에 그냥 놔두지 않으셨어요?

『피그말리온』

LIZA: I sold flowers. I didn't sell myself. Now you've made a lady of me I'm not fit to sell anything else. I wish you'd left me where you found me.

Pygmalion

147 둘리틀: 나는 나 자신이 아닌 다른 사람들을 위해 살아야 합니다. 그게 중산층의 도덕률이죠.

『피그말리온』

DOOLITTLE: I have to live for others and not for myself: that's middle class morality.

Pygmalion

148 히긴스: 둘리틀 씨, 당신은 정직한 사람이오, 아니면 나쁜 사람이오?
둘리틀: (너그러이) 다른 이들처럼 내 안에는 둘 다 조금씩 있지요, 헨리 씨. 둘 다 조금씩 말입니다.

『피그말리온』

HIGGINS: Doolittle, either you're an honest man

or a rogue.

DOOLITTLE: (tolerantly) A little of both, Henry, like the rest of us: a little of both.

Pygmalion

149 히긴스: 그 아이를 내버려두세요, 어머니. 혼자 말하게 놔두세요. 내가 그 애 머릿속에 넣어주지 않은 생각이나 그 애 입에 심어주지 않은 단어가 하나라도 있는지 곧 보시게 될 거예요. 내가 코번트가든의 으깨진 양배추 잎 같은 아이를 가지고 이런 물건을 만들어냈다니까요. 그런데 이제 나한테 우아한 숙녀 행세를 하려고 드네요.

『피그말리온』

HIGGINS: You let her alone, mother. Let her speak for herself. You will jolly soon see whether she has an idea that I haven't put into her head or a word that I haven't put into her mouth. I tell you I have created this thing out of the squashed cabbage leaves of Covent Garden; and now she pretends to play the fine lady with me.

Pygmalion

150 리자: 내 생각에는요, 누구나 배울 수 있는 것들, 그러니까 옷을 잘 입는 법이나 제대로 말하는 법 같은 것 말고, 숙녀와 꽃 파는 소녀의 진정한 차이는 어떻게 행동하느냐가 아니라 어떤 대접을 받느냐에 있는 것 같아요. 히긴스 선생님에게 나는 언제나 꽃 파는 소녀일 거예요. 그분은 나를 언제나 꽃 파는 소녀로 대하고 앞으로도 늘 그럴 테니까요. 하지만 대령님께 나는 숙녀가 될 수 있다는 걸 알아요. 대령님은 나를 언제나 숙녀로 대해주시고 앞으로도 그러실 거니까요.

『피그말리온』

LIZA: You see, really and truly, apart from the things anyone can pick up (the dressing and the proper way of speaking, and so on), the difference between a lady and a flower girl is not how she behaves, but how she's treated. I shall always be a flower girl to Professor Higgins, because he always treats me as a flower girl, and always will; but I know I can be a lady to you, because you always treat me as a lady, and always will.

Pygmalion

151 히긴스: 나는 네가 돌아왔으면 좋겠다고 말한 적 없다.
리자: 아, 그래요? 그럼 우린 무슨 이야기를 하고 있는 거죠?
히긴스: 나에 관해서가 아니라 너에 관해서 이야기하고 있지. 네가 돌아온다면 나는 지금까지 너를 대했던 것처럼 그렇게 대할 거야. 나는 내 성격을 바꿀 수도 없고, 내 태도를 바꿀 생각도 없어. 내 태도는 피커링 대령의 그것과 정확히 똑같아.
리자: 그렇지 않아요. 그분은 꽃 파는 소녀를 공작 부인인 것처럼 대해주세요.
히긴스: 나는 공작 부인을 꽃 파는 소녀인 것처럼 대한단다.
리자: 알겠어요. (차분히 돌아서서 창문을 마주 보며 오토만 의자에 앉는다.) 모두를 똑같이 대한다는 거죠.
히긴스: 그래.
리자: 우리 아버지처럼요.
히긴스: (약간 누그러져서 씩 웃으며) 모든 면에서 그런 비교를 인정하는 건 아니지만, 일라이자, 네 아버지가 속물이 아닌 건 맞다. 그는 자신의 특이한 운명이 이끄는 인생의 어떤 단계에서도 편안할 수 있을 거야. (진지하게) 처세의 중요한 비결을 하나 알려주마, 일라이자. 모든 사람을 대할 때 나쁜 태도나 좋은 태도 혹은 다른 어떤 특별한 태도가 아닌 똑같은 태도로 일관

해야 해. 한마디로 삼등칸이 존재하지 않는, 하나의 영혼이 또 다른 영혼과 똑같이 소중한 천국에 와 있는 것처럼 행동하는 거지.

『피그말리온』

HIGGINS: I haven't said I wanted you back at all.
LIZA: Oh, indeed. Then what are we talking about?
HIGGINS: About you, not about me. If you come back I shall treat you just as I have always treated you. I can't change my nature; and I don't intend to change my manners. My manners are exactly the same as Colonel Pickering's.
LIZA: That's not true. He treats a flower girl as if she was a duchess.
HIGGINS: And I treat a duchess as if she was a flower girl.
LIZA: I see. (She turns away composedly, and sits on the ottoman, facing the window.) The same to everybody.
HIGGINS: Just so.
LIZA: Like father.
HIGGINS: (grinning, a little taken down) Without accepting the comparison at all points, Eliza,

it's quite true that your father is not a snob, and that he will be quite at home in any station of life to which his eccentric destiny may call him. (Seriously) The great secret, Eliza, is not having bad manners or good manners or any other particular sort of manners, but having the same manner for all human souls: in short, behaving as if you were in Heaven, where there are no third-class carriages, and one soul is as good as another.

Pygmalion

152 히긴스: 너는 내가 너 없이도 괜찮을지 한 번도 생각해보지 않았지.
리자: (진지하게) 나를 꼬이려고 하지 마세요. 선생님은 나 없이도 괜찮으실 거예요.
히긴스: (거만하게) 나는 누구의 도움 없이도 잘해낼 수 있어. 내게는 영혼이란 게 있으니까. 나 자신만의 신성한 불꽃 말이야. (느닷없이 겸손해지며) 하지만 난 네가 그리울 거다, 일라이자. (오토만 의자 위, 그녀 옆에 앉는다.) 나는 너의 바보 같은 생각들에서 무언가를 배웠지. 겸허하고 고맙게 그 사실을 인정하마. 그리고 차츰 네 목소리와 모습에 익숙해졌어. 아니, 그런 것들을 좋

아하게 되었지.
리자: 그런 건 선생님의 축음기와 사진첩에 들어 있잖아요. 내가 없어서 외롭게 느껴질 때면 기계를 켜면 되죠. 기계에는 상처받을 감정들도 없으니까요.
히긴스: 난 네 영혼을 켤 수는 없어. 그런 감정들은 내게 남겨두렴. 네 목소리와 얼굴은 가져가도 된다. 그것들은 네가 아니니까.

『피그말리온』

HIGGINS: You never asked yourself, I suppose, whether I could do without *you*.
LIZA: (earnestly) Don't you try to get round me. You'll have to do without me.
HIGGINS: (arrogant) I can do without anybody. I have my own soul: my own spark of divine fire. But (with sudden humility) I shall miss you, Eliza. (He sits down near her on the ottoman.) I have learnt something from your idiotic notions: I confess that humbly and gratefully. And I have grown accustomed to your voice and appearance. I like them, rather.
LIZA: Well, you have both of them on your gramophone and in your book of photographs.

When you feel lonely without me, you can turn the machine on. It's got no feelings to hurt.
HIGGINS: I can't turn your soul on. Leave me those feelings; and you can take away the voice and the face. They are not you.

Pygmalion

153 리자: 오, 당신은 악마예요. 마치 아프게 하려고 팔을 비틀듯 여자의 마음을 손쉽게 비틀어버리는군요. 피어스 부인이 나한테 경고했어요. 부인은 여러 번 선생님을 떠나려 했다고 말했어요. 그런데 선생님이 언제나 마지막 순간에 부인을 설득했다더군요. 하지만 선생님은 부인 생각을 조금도 하지 않죠. 내 생각도 조금도 하지 않고요.
히긴스: 내가 관심 있는 건 삶과 인류야. 너는 우연히 내 앞에 나타나 내 집의 일부가 된 인류의 한 부분이고. 너나 다른 누구라도 그 이상을 바랄 수 있을까?
리자: 나는 나한테 관심 없는 사람에게는 신경 쓰지 않을 거예요.
히긴스: 상업적인 원칙이구나, 일라이자. 마치 (그녀의 코번트가든 시절의 발음을 전문가다운 정확성으로 재현하며) 제비꽃을 파는 것만치로(파는 것처럼), 그렇지?

『피그말리온』

LIZA: Oh, you *are* a devil. You can twist the heart in a girl as easy as some could twist her arms to hurt her. Mrs Pearce warned me. Time and again she has wanted to leave you; and you always got round her at the last minute. And you don't care a bit for her. And you don't care a bit for me.
HIGGINS: I care for life, for humanity; and you are a part of it that has come my way and been built into my house. What more can you or anyone ask?
LIZA: I won't care for anybody that doesn't care for me.
HIGGINS: Commercial principles, Eliza. Like (reproducing her Covent Garden pronunciation with professional exactness) s'yollin voylets(selling violets), isn't it?

Pygmalion

154 리자: 나를 좋아하지 않으면서 그런 일을 왜 하신 거예요?
히긴스: (진심을 담아) 그거야 그게 내 직업이기 때문

이지.
리자: 그것 때문에 나한테 문제가 생길 거라는 생각은 한 번도 안 해보셨죠.
히긴스: 창조주가 문제가 생길 것을 염려했다면 이 세상이 생겨날 수 있었을까? 삶을 창조하는 건 문제를 만드는 걸 뜻해. 그리고 문제로부터 도망칠 수 있는 길은 딱 하나밖에 없어. 문제의 근원들을 죽여 없애는 거지. 그래서 너도 알다시피 비겁자들은 언제나 악을 쓰면서 골치 아픈 사람들을 없애버리려고 하는 거야.
『피그말리온』

> LIZA: What did you do it for if you didn't care for me?
> HIGGINS: (heartily) Why, because it was my job.
> LIZA: You never thought of the trouble it would make for me.
> HIGGINS: Would the world ever have been made if its maker had been afraid of making trouble? Making life means making trouble. There's only one way of escaping trouble; and that's killing things. Cowards, you notice, are always shrieking to have troublesome people killed.
>
> *Pygmalion*

155 리자: 아! 꽃을 팔던 때로 돌아갈 수만 있다면! 당신과 내 아버지와 온 세상으로부터 자유로울 수 있을 텐데! 어째서 내게서 자유를 빼앗아 갔어요? 나는 왜 자유를 포기해야 했죠? 이젠 아무리 좋은 옷이 많아도 난 노예나 마찬가지라고요.

『피그말리온』

> LIZA: Oh! if I only could go back to my flower basket! I should be independent of both you and father and all the world! Why did you take my independence from me? Why did I give it up? I'm a slave now, for all my fine clothes.
>
> *Pygmalion*

156 모렐: (다정하게) 이봐 젊은이, 결혼을 하게. 좋은 여성과 결혼을 해봐. 그럼 이해하게 될 거야. 결혼은 우리가 지상에 세우고자 애쓰는 천상의 왕국에서 가장 좋은 게 뭔지 미리 맛보게 해주지. 더불어 자네의 꾸물거림도 치유해줄 거야. 진실한 사람이라면 천국에서 보낼 행복한 시간에 대한 값을 치르기 위해 잠시 다른 이들을 행복하게 해주는 힘들고 이타적인 일을 하는 거라고 생각할 거야.

『칸디다』

MORELL: (tenderly) Ah, my boy, get married—get married to a good woman; and then you'll understand. That's a foretaste of what will be best in the Kingdom of Heaven we are trying to establish on earth. That will cure you of dawdling. An honest man feels that he must pay Heaven for every hour of happiness with a good spell of hard, unselfish work to make others happy.

Candida

157 모렐: 돈을 벌지 않고 쓰기만 할 권리가 없는 것처럼 우리에겐 행복을 만들어내지 않고 누리기만 할 권리가 없네.

『칸디다』

MORELL: We have no more right to consume happiness without producing it than to consume wealth without producing it.

Candida

158 모렐: 누군가의 믿음을 흔들어놓기는 쉽지, 아주 쉬워. 그걸 이용해서 그의 영혼을 망가뜨리는 건 악마가 하는 짓이야.

『칸디다』

MORELL: It is easy—terribly easy—to shake a man's faith in himself. To take advantage of that to break a man's spirit is devil's work.

Candida

159 모렐: 우리의 어리석음만 아니라면 낙원이 될 수 있는 세상을 하나님이 우리에게 주셨음을 자네가 믿게 도와주겠네. 자네가 하는 일 하나하나가, 가장 비천한 자를 포함한 모두가 언젠가 거두게 될 풍성한 수확을 위해 행복의 씨앗을 뿌리는 것임을 자네가 믿게 도와주겠네. 그리고 마지막으로 똑같이 중요한 것인데, 자네의 아내가 자네를 사랑하고 자기 집에서 행복하다고 자네가 믿게 도와주겠네. 우린 그런 도움이 필요하네, 마치뱅크스. 우린 그런 도움이 언제나 몹시 필요하다네.

『칸디다』

MORELL: I will help you to believe that God has

given us a world that nothing but our own folly keeps from being a paradise. I will help you to believe that every stroke of your work is sowing happiness for the great harvest that all—even the humblest—shall one day reap. And last, but trust me, not least, I will help you to believe that your wife loves you and is happy in her home. We need such help, Marchbanks, we need it greatly and always.

Candida

160 마치뱅크스: (그를 돌아보며) 그녀도 항상 이런 식으로 대했나요? 현실과 진리와 자유를 갈구하는 위대한 영혼을 가진 여성을? 비유와 설교와 케케묵은 장황한 연설과 미사여구에 질린 여성을? 당신은 한 여성의 영혼이 당신의 설교하는 재주에 기대 살 수 있다고 생각하나요?

모렐: (기분이 상해서) 마치뱅크스, 자넨 날 참을 수 없게 만드는군. 자네 재주가 어떤 진정한 가치를 가지고 있다면 내 재주도 마찬가지라네. 신성한 진실을 밝혀 줄 말들을 찾는 재능이 내 재주란 말일세.

『칸디다』

MARCHBANKS: (looking round him) Is it like this for her here always? A woman, with a great soul, craving for reality, truth, freedom, and being fed on metaphors, sermons, stale perorations, mere rhetoric. Do you think a woman's soul can live on your talent for preaching?
MORELL: (Stung) Marchbanks, you make it hard for me to control myself. My talent is like yours insofar as it has any real worth at all. It is the gift of finding words for divine truth.

Candida

161 마치뱅크스: 우리는 모두 사랑을 찾아 헤맵니다. 그것이 우리 본성이 가장 필요로 하는 것이며, 우리 가슴이 가장 크게 외치는 것이기 때문이죠. 하지만 우린 그런 갈망을 감히 입 밖으로 꺼내지 못합니다. 너무 수줍기 때문이죠.

『칸디다』

MARCHBANKS: We all go about longing for love: it is the first need of our natures, the loudest cry of our hearts; but we dare not utter our longing:

we are too shy.

Candida

162 마치뱅크스: (그녀를 교묘하게 가로막으며) 쉿! 나는 사랑을 계속 찾아다녔는데 그게 사람들 가슴에 엄청나게 많이 있는 걸 봤어요. 하지만 그걸 달라고 하려니까 이 망할 수줍음이 내 목을 조르더라고요. 그래서 벙어리가 되거나, 그보다 더 나쁜 건, 의미 없는 말들, 바보 같은 거짓말들을 하게 되더군요. 그런데 내가 그토록 갈구하는 애정이 개나 고양이, 반려 새에게 주어지는 걸 봤어요. 그들이 와서 사랑을 달라고 하기 때문이죠. (속삭이듯) 사랑은 달라고 해야 하는 겁니다. 사랑은 유령과도 같아서 먼저 말을 걸지 않으면 말하지 않아요. (평소의 어조로 돌아오지만 깊은 슬픔에 잠겨) 세상의 모든 사랑은 말을 하고 싶어 하지만 감히 그러지 못합니다. 너무나도 수줍고 또 수줍기 때문이죠. 그게 세상의 비극입니다. (그는 깊은 한숨을 쉬며 간이 의자에 앉아서 두 손으로 얼굴을 감싼다.)

『칸디다』

MARCHBANKS: (stopping her mysteriously) Hush! I go about in search of love; and I find it in unmeasured stores in the bosoms of others. But when I try to ask for it, this horrible shyness strangles me; and I stand dumb, or worse than dumb, saying meaningless things—foolish lies. And I see the affection I am longing for given to dogs and cats and pet birds, because they come and ask for it. (Almost whispering) It must be asked for: it is like a ghost: it cannot speak unless it is first spoken to. (At his normal pitch, but with deep melancholy) All the love in the world is longing to speak; only it dare not, because it is shy, shy, shy. That is the world's tragedy. (With a deep sigh he sits in the spare chair and buries his face in his hands.)

Candida

163 프로서파인: (놀라서, 그러나 그녀 특유의 재치를 잃지 않으며—이는 그녀가 이상한 젊은 남자들을 만날 때 반드시 지키는 것이다.) 못된 사람들은 종종 그런 수줍음을 극복하지요, 안 그래요?

마치뱅크스: (앞다투듯 거칠게) 못된 사람들은 사랑이 없는 사람들입니다. 그래서 그들은 부끄러움을 모릅니다. 그리고 그들은 사랑이 필요하지 않기 때문에 그

것을 달라고 할 힘이 있는 겁니다. 또한 줄 게 아무것도 없기 때문에 사랑을 주겠다고 할 힘이 있는 거고요. (그는 무너지듯 자리에 주저앉아 구슬프게 덧붙인다.) 하지만 우리는, 사랑이 있는 우리는 그것을 다른 이들의 사랑과 어우러지게 하고 싶어 하지만 한마디도 하지 못합니다. (소심하게) 당신도 그걸 알고 있지 않나요, 아닌가요?
프로서파인: 이보세요, 계속 그런 식으로 말할 거면 난 이 방을 나갈 거예요, 마치뱅크스 씨. 정말 그럴 거예요. 그런 말은 적절하지 않아요.
마치뱅크스: (절망적으로) 말할 가치가 있는 것치고 적절한 건 없어요.
『칸디다』

PROSERPINE: (amazed, but keeping her wits about her—her point of honor in encounters with strange young men) Wicked people get over that shyness occasionally, don't they?
MARCHBANKS: (scrambling up almost fiercely) Wicked people means people who have no love: therefore they have no shame. They have the power to ask love because they don't need it: they have the power to offer it because they have none

to give. (He collapses into his seat, and adds, mournfully) But we, who have love, and long to mingle it with the love of others: we cannot utter a word. (Timidly) You find that, don't you?
PROSERPINE: Look here, if you don't stop talking like this, I'll leave the room, Mr. Marchbanks, I really will. It's not proper.
MARCHBANKS: (hopelessly) Nothing that's worth saying *is* proper.
Candida

164 프로서파인: (귀족이 자신의 매너를 깔본다는 생각에 약간 화가 나서) 좋아요, 아까 하던 대화를 계속하고 싶으시면 가서 혼자 이야기하시는 게 좋겠네요.
마치뱅크스: 모든 시인들이 하는 게 바로 그런 거죠. 큰소리로 혼자 이야기하면 세상은 그걸 엿듣죠. 하지만 때로는 다른 누군가가 말하는 걸 듣지 못하면 엄청나게 외롭답니다.
『칸디다』

PROSERPINE: (nettled at what she takes to be a disparagement of her manners by an aristocrat) Oh, well,

if you want original conversation, you'd better go and talk to yourself.
MARCHBANKS: That is what all poets do: they talk to themselves out loud; and the world overhears them. But it's horribly lonely not to hear someone else talk sometimes.

Candida

165 칸디다: 그래요, 나도 가끔은 얘기할 사람이 필요해요. (그녀는 그를 앉히고 자신은 카펫 위 그의 무릎 옆에 앉는다.) 지금 보니까 (그의 손을 쓰다듬으며) 당신은 벌써 나아 보이네요. 어째서 그렇게 피곤하게 무리하는 일들을 그만두지 못하는 거예요? 매일 밤 나가서 강연하고 이야기하는 일 말이에요. 물론 당신 말은 다 진실하고 옳아요. 하지만 별 효과는 없어요. 사람들은 당신 말에 조금도 관심이 없어요. 물론 당신 말에 동의하긴 하죠. 하지만 당신이 돌아서자마자 당신이 하라는 것과 정반대로 행동하는 사람들인데 당신 말에 동의하는 게 무슨 소용이에요? 성 도미니크 교회의 우리 신도들을 좀 보세요! 그 사람들이 왜 일요일마다 당신이 기독교에 대해 하는 말을 들으러 오는 줄 아세요? 그건요, 엿새 동안 일하고 돈 버느라 내내 바빴기 때문에 주일에

그걸 다 잊고 쉬기 위해 오는 거예요. 새로운 기분으로 돌아가 돈을 더 열심히 벌기 위해서라고요! 당신은 그들이 그러지 못하게 하는 게 아니라 적극적으로 더 부추기는 셈이라고요.

『칸디다』

CANDIDA: Yes, I *must* be talked to sometimes. (She makes him sit down, and seats herself on the carpet beside his knee.) Now (patting his hand) you're beginning to look better already. Why don't you give up all this tiresome overworking—going out every night lecturing and talking? Of course what you say is all very true and very right; but it does no good: they don't mind what you say to them one little bit. Of course they agree with you; but what's the use of people agreeing with you if they go and do just the opposite of what you tell them the moment your back is turned? Look at our congregation at St. Dominic's! Why do they come to hear you talking about Christianity every Sunday? Why, just because they've been so full of business and moneymaking for six days that they want to forget all about it and have a rest on the seventh, so that they can go back fresh and make money harder than ever! You positively help them at it instead of hindering them.

Candida

166 칸디다: (조금의 두려움이나 차가움도 없이, 매우 고귀하게, 그의 열정을 깊이 존중하면서도 능란한 어머니 같은 유머를 곁들여) 아뇨. 하지만 당신이 정말로 진실로 느끼는 거라면 뭐든 말해도 돼요. 아무 말이라도요, 그게 무엇이든 상관없어요. 그 말을 하는 게 당신의 진정한 자아라면 나는 두렵지 않아요. 단지 어떤 시늉을 하는 게 아니라면 말이죠. 정중한 척하기, 못된 척하기, 심지어 시인인 척하기 같은 거요. 나는 지금 당신에게 명예와 진실을 지킬 것을 요구하는 거예요. 그러니 이제 뭐든 하고 싶은 말을 해보세요.

『칸디다』

CANDIDA: (without the least fear or coldness, quite nobly, and with perfect respect for his passion, but with a touch of her wisehearted maternal humor) No. But you may say anything you really and truly feel. Anything at all, no matter what it is. I am not afraid, so long as it is your real self that speaks, and not a mere attitude—a gallant attitude, or a wicked attitude, or even a poetic attitude. I put you on your honor and truth. Now say whatever you want to.

Candida

1856년	7월 26일, 아일랜드의 수도 더블린에서 조지 카 쇼와 루신다 엘리자베스 쇼 부부의 2녀 1남 중 막내로 태어나다.
1871년(15세)	1865년부터 네 군데 학교를 전전하다가 정규 교육을 그만두고 독학으로 배움을 이어가다. 10월에 학교를 영영 떠난 뒤 더블린의 부동산 중개사무소에 취직하다.
1873년(17세)	어머니와 두 누나가 음악 가정교사인 조지 존 리를 따라 런던으로 떠나다.
1876년(20세)	부동산 중개사무소를 그만두고 3월에 어머니와 누나(한 명은 폐결핵으로 사망)가 있는 런던으로 이주하다. 이후 29년간 아일랜드를 방문하지 않았다. 〈호넷The Hornet〉에 조지 존 리의 이름으로 대필 음악 칼럼을 쓰다.
1879년(23세)	에디슨 전화 회사에서 8개월간 근무하다. 이후에는 영국도서관The British Library의 전신인 영국박물관 독서실The British Museum Reading Room에서 주로 시간을 보내면서 읽고 쓰는 데 전념하다. 첫 번째 소설 『미성숙

Immaturity』을 집필하다.

1880년(24세) 소설 『불합리한 결혼The Irrational Knot』을 집필하다.

1881년(25세) 영국 시인 퍼시 비시 셸리의 글을 읽은 뒤 채식주의자가 되어 평생 그 원칙을 고수하다. 소설 『예술가들의 사랑Love Among the Artists』을 집필하다.

1882년(26세) 소설 『캐셜 바이런의 직업Cashel Byron's Profession』을 집필하다.

1883년(27세) 소설 『비사회적인 사회주의자An Unsocial Socialist』를 집필하다.

1884년(28세) 1월, 페이비언협회가 창립되다. 9월, 페이비언협회에 가입하다. 10월, 처음으로 협회를 위한 팸플릿 '성명서A Manifesto'를 발표하다.

1886년(30세) 〈월드The World〉의 예술 비평가로 활동하기 시작하다. 『캐셜 바이런의 직업』을 출간하다.

1887년(31세) 『비사회적인 사회주의자』를 출간하다.

1888년(32세) '코르노 디 바세토'라는 필명으로 〈스타The Star〉에 음악 비평을 쓰기 시작하다.

1889년(33세) 『사회주의에서의 페이비언 에세이Fabian Essays in Socialism』의 집필과 편집을 주도하다.

1890년(34세) 5월부터 이름의 이니셜인 'G.B.S.'로 〈월드〉의 음악 비평가로 활동하다.

1891년(35세) 『입센주의의 정수Quintessence of Ibsenism』를 출간하다.

1892년(36세) 첫 번째 희곡 『홀아비의 집Widowers' Houses』을 런던에서 초연하다.

1893년(37세) 『바람둥이The Philanderer』와 『워렌 부인의 직업Mrs Warren's Profession』을 집필하다. 『홀아비의 집』을 출간하다.

1894년(38세) 첫 번째 상업적 성공작인 『무기와 인간Arms and the Man』을 런던에서 초연하다. 『칸디다

Candida』를 집필하다. 8월, 베아트리스 웹, 시드니 웹, 그레이엄 월러스 등 페이비언협회 회원들과 모여 런던정치경제대학교London School of Economics and Political Science의 설립을 결의하다.

1895년(39세) 〈새터데이 리뷰The Saturday Review〉에 연극 비평을 쓰기 시작하다. 『운명의 남자The Man of Destiny』를 집필하다. 런던정치경제대학교가 정식으로 설립되다.

1896년(40세) 『아무도 몰라You Never Can Tell』를 집필하다.

1897년(41세) 런던 세인트 팬크라스의 시의원으로 선출되다. 『악마의 제자The Devil's Disciple』를 뉴욕에서 초연하다. 『칸디다』 『운명의 남자』를 초연하다.

1898년(42세) 그동안 쓴 작품들을 모아 『유쾌한 극과 유쾌하지 않은 극Plays Pleasant and Unpleasant』으로 출간하다. '유쾌한 극'은 『무기와 인간』 『칸디다』 『운명의 남자』 『아무도 몰라』이며, '유쾌하지 않은 극'은 『홀아비의 집』

	『바람둥이』『워렌 부인의 직업』이다. 『카이사르와 클레오파트라Caesar and Cleopatra』를 집필하다. 페이비언협회에서 만난 아일랜드 출신 샬럿 페인타운센드Charlotte Payne-Townshend와 결혼하다. 부인이 자녀를 원하지 않아 평생 부부 관계를 갖지 않았다고 전해진다.
1899년(43세)	『브래스바운드 선장의 전향Captain Brassbound's Conversion』을 집필하다. 『아무도 몰라』를 런던에서 초연하다.
1900년(44세)	『예술가들의 사랑』을 출간하다.
1901년(45세)	『악마의 제자』『카이사르와 클레오파트라』『브래스바운드 선장의 전향』을 한데 묶어 『청교도를 위한 세 편의 극Three Plays for Puritans』으로 출간하다. 『악마의 제자』를 뉴욕에서 초연하다. 『카이사르와 클레오파트라』를 시카고에서 초연하다.
1903년(47세)	『인간과 초인Man and Superman』을 출간하다.

1904년(48세) 『그는 어떻게 그녀의 남편에게 거짓말을 했을까How He Lied to Her Husband』를 뉴욕에서 초연하다. 『존 불의 다른 섬John Bull's Other Island』을 런던에서 초연하다.

1905년(49세) 『참령 바바라Major Barbara』를 런던에서 초연하다. 『불합리한 결혼』을 출간하다. 『인간과 초인』이 3막('지옥의 돈 후안')이 빠진 채로 런던에서 초연되다.

1906년(50세) 런던 북쪽의 하트퍼드셔주Hertfordshire의 에이옷 세인트 로렌스Ayot St Lawrence로 이사하다. 죽을 때까지 그곳에서 살았던 쇼 부부는 자신들의 집과 정원을 '쇼스 코너Shaw's Corner'로 명명했다. 지금은 내셔널트러스트National Trust에서 관리하면서 '작가의 집 박물관a writer's house museum'으로 대중에게 공개하고 있다. 『의사의 딜레마The Doctor's Dilemma』를 런던에서 초연하다.

1907년(51세) 『참령 바바라』를 출간하다.

1908년(52세) 『결혼하기Getting Married』를 런던에서 초연하다.

1910년(54세) 『부적절한 결혼Misalliance』을 런던에서 초연하다.

1911년(55세) 『의사의 딜레마』와 『결혼하기』를 출간하다.

1912년(56세) 『기각되다Overruled』를 런던에서 초연하다.

1913년(57세) 『안드로클레스와 사자』를 런던에서 초연하다. 『피그말리온Pygmalion』을 오스트리아 빈에서 초연하다.

1914년(58세) 7월, 제1차 세계대전이 발발하다. 『전쟁에 관한 상식Common Sense About the War』을 출간하다. 『부적절한 결혼』을 출간하다.

1915년(59세) 『오플레이허티O'Flaherty V.C.』를 집필하다.

1916년(60세) 『상심의 집Heartbreak House』을 집필하다. 『안드로클레스와 사자』와 『피그말리온』을 출간하다.

1918년(62세) 11월, 제1차 세계대전이 끝나다. 『므두셀라로 돌아가라Back to Methuselah』를 집필하다.

1919년(63세) 『상심의 집』을 출간하다.

1920년(64세) 『상심의 집』을 뉴욕에서 초연하다.

1921년(65세) 『므두셀라로 돌아가라』를 출간하다.

1922년(66세) 『므두셀라로 돌아가라』를 뉴욕에서 초연하다.

1923년(67세) 『성녀 잔 다르크Saint Joan』를 뉴욕에서 초연하다.

1924년(68세) 『성녀 잔 다르크』를 출간하다.

1925년(69세) 노벨문학상을 수상하다.

1928년(72세) 『지적인 여성을 위한 사회주의와 자본주의 안내서The Intelligent Woman's Guide to Socialism and Capitalism』를 출간하다.

1929년(73세) 영국 우스터셔주 멜번에서 열린 멜번 페스티벌 개막식에 참여하다. 『사과 수레The Apple Cart』를 폴란드 바르샤바에서 초연하다.

1930년(74세) 『사과 수레』를 출간하다. 『미성숙』을 출간하다.

1933년(77세) 『파탄 직전의On the Rocks』를 런던에서 초연하다.

1936년(80세) 『백만장자 여성The Millionairess』을 오스트리아 빈에서 초연하다.

1938년(82세) 시나리오 각색에 참여한 『피그말리온』이 영화로 제작돼 상영되다.

1939년(83세) 영화 〈피그말리온〉으로 아카데미 각색상을 수상하다. 9월, 제2차 세계대전이 발발하다.

1943년(87세) 부인 샬럿이 사망하다.

1944년(88세) 『쇼에게 세상을 묻다Everybody's Political What's What』를 출간하다.

1945년(89세) 8월, 제2차 세계대전이 끝나다.

1949년(93세) 『16편의 자화상Sixteen Self Sketches』을 출간하

다. 인형극 『셰익스 대 셔브Shakes Versus Shav』를 영국 몰번에서 초연하다.

1950년(94세) 에이옷 세인트 로렌스의 자택 정원에서 가지치기를 하다가 나무에서 떨어진 뒤 신부전증이 악화돼 11월 2일, 94세의 나이로 사망하다. 화장된 그의 유해는 먼저 세상을 떠난 샬럿의 유해와 함께 정원 오솔길과 성녀 잔 다르크 동상 주위에 뿌려졌다.

참고문헌

단행본

Bernard Shaw, *Agitations: Letters to the Press, 1875-1950,* UNKNO; First Edition, 1985.

Bernard Shaw, *Bernard Shaw and His Publishers (Selected Correspondence of Bernard Shaw),* University of Toronto Press; Illustrated edition, 2009.

Hesketh Pearson, *Bernard Shaw: His Life And Personality,* Collins; Reprint edition, 1943.

Michael Holroyd, *Bernard Shaw: The One-Volume Definitive Edition,* W. W. Norton & Company, 2005.

Bernard Shaw, *Candida: All Correspondence of Bernard Shaw,* Independently published, 2022.

Archibald Henderson, *George Bernard Shaw; His Life and Works, a Critical Biography,* Legare Street Press, 2022.

Bernard Shaw, *Shaw: Interviews and Recollections,* University of Iowa Press; First Edition, 1990.

사이트

https://www.goodreads.com/author/quotes/5217.George_Bernard_Shaw

https://en.wikiquote.org/wiki/George_Bernard_Shaw

https://youtu.be/aEESoO7cN_g (1928년 미국을 처음 방문했을 때의 버나드 쇼)